Anna Seghers

Und ich brauch doch so schrecklich Freude

Anna Seghers

Und ich brauch doch so schrecklich Freude

Tagebuch 1924/1925

Die Legende von der Reue des Bischofs Jehan d'Aigremont von St. Anne in Rouen

Herausgegeben von Christiane Zehl Romero

Aufbau-Verlag

Mit 4 Faksimiles

ISBN 3-351-03496-2

1. Auflage 2003

Lektorat Almut Giesecke
Einbandgestaltung Andreas Heilmann, Hamburg
Druck und Binden GGP Media, Pößneck
Printed in Germany

www.aufbau-verlag.de

Tagebuch

15. November 1924 bis 26. Mai 1925

Samstag 15. Nov. 1924
Rodi da. Hoffnungen für baldige bessere Zukunft. Reise u Festvorbereitungen. Unruhe u. Schmerz vor der Trennung.

[In der Handschrift von László Radványi:]
Die auf den Herrn harren, kriegen neue Kraft, dass sie auffahren mit Flügel wie Adler, dass sie laufen und nicht matt werden, dass sie wandeln und nicht müde werden. (Jesaia 40, 31.)

»Tränlein weint das kleine Reh,
Trennung tut den Tschibben weh;
Doch die Rückkehr ist dann schön,
Rod und Tschib ins Nestlein gehn.«

Ich *weiss*, dass wir im Frühling heiraten werden.

Sonntag, 16. Nov. 1924.
Reisevorbereitungen wie gestern. Dabei nachgedacht über eine Erzählung: Die Reue des Bischofs von Priepournous. »Der heilige Bischof von Priepournous, tralilatralilalala. Der heilte viel Weiber für 20 Sous tralilatralilalala.« »Erziehung z. Christent.« mit Trost gelesen. Krampf in der Stirn. Angst, daß mich mein. Begabung verlassen könnte, – aber nur selten. Rodi u wieder Rodi. Ist es recht daß ich zu Hause bin?

Montag, 17. Nov.
Fahrt nach Paris. Garnichts. Ankunft etwas enttäuschend, gehemmt von mein. Eltern. Soviel Licht ist garnicht wie ich glaubte. Und man muß auch ganz frei u rein in die Städte einziehn.

Dienstag.
Paris. Boulevards. Geschäfte. Licht. Noch nicht ganz verstanden. Ahnung, daß noch etwas sein muß hinter dem Tuilerien Garten. Allein, allein. Eifersucht auf alle die nicht allein in diesem Nachtlicht gehn. Heimweh nach Rodi, aber der »Bischof« wächst.

Mittw. 19. Nov.
Fing gut u feierlich an u abends war es doch kein so guter Tag gewesen. Morgens Louvre. So viel. Nur gesehn: Rembr. Barmherz. Samariter. Romanisch; karol. Bronze. Nachmittags im Rivoli, Abends sehr schlechtes Theater.

Donnerst.
Verstehe besser Paris. Fang an es zu lieben. Notre Dame, Musée Cluny. Abends casino de Paris. Mein Vater bedrückt mich. Entschließe mich von der Rückkehr ab rücksichtslos zu arbeiten. In mir immer derselbe Kummer immer dieselbe Hoffnung, selbe Enttäuschung

Freitag 21. Nov.
Erster heiterer Abend mit d. Eltern. Grand Boulevard. Paris wird immer leuchtender. Luxembourg, Garten des Cluny mit den großen Tieren. Ich denke an meinen »Bi-

schof«. Und überdies ist mein Herz voll Sorgen, Angst u soviel Verlangen.

Samstag.
Theâtre de l'étoile. Das place de la Concorde, champs élisées bei Nacht.

Sonntag. 23. Nov
Oper. Alles Klassische u Traditionelle ist hier Schund. Aber sonst ist außer dem Meer diese Stadt das Beste

Montag 24. Nov.
Geschäfte. Licht, Farben, Licht, Licht. Mein Bischof wächst in meinem Kopf

Dienst. 25. Nov
Abends Mont Martre mit den schlimmen langweiligen Polen. Garnichts Katherinette-Fest. Wie schön!

Mittwoch 26. Nov.
Eiffelturm, Napoleons Grab, scheußlich. Morgen ists auch schön in P! Rumpelmaid (Fr. Kleiner) Kinno Gaumont auf dem Mont Martre, (Nara-Mousche) [?]

Donnerst.
Schöner, fast schönster zu kurzer Morgen in P! Notre Dame erstiegen, klare reine Aussicht. Letzte Boulevardrundfahrt Abreise.

Freitag.
Heimfahrt u Ankunft in geschmückter Wohn. Brief von Rod, der mich traurig macht, Heimweh nach Rod

Samstag. 29 Nov.
Ich kann es nicht ertragen, nicht zur Arbeit zu kommen, ich muß schreiben, ich fühle verzweifelt den Wunsch und den Willen.

Besucht Lotte Mar., Ria, Fr. Schwarz

Die Angst u Reue, die Angst vor Un-Strenge, vor Nachlassen d. Spannunng zwischen Mir u d. Andern ist wieder ned [?] da. Bischof ausged.

Sonntag 30 Nov.
Morgen – Besuche. Dumm. Bazar, gute Stunde Otti Wolters.

In dieser Zeit sehr sehr gute Nächte.

Montag 1. Dez.
[In der Handschrift von László Radványi:]

»Aus der Bedrängnis schreie ich zu Gott; es erhört mich in seiner Weite Gott.« (Ps. 118.)

Spätestens Mai 1925 sind wir verheiratet. Rod.

Dienst. 2 Dez.
Morgens belanglos. Festvorbereitung, Mittags Otti, Kinderlesehalle. Ruhiges Gefühl wie immer nach dies. Arbeit. Ja, es ist sicher ein richtiges Gefühl und es gibt auch eine falsche Unruhe: Wenn man sein Unglück mit Sünde verwechselt, das ist auch Übertreibung.

Mittwoch 3. Dez.
Clems Geburtstag, Wie verrückt, Trubel. Aufführung. Ich bin stolz, weil ich »reüssiere« u froh Geck über meine Sache zu sprechen. Schlafe bei Harry. Schrecken u Kummer über Harry u Addi.

Donnerst. 4 Dez.
Morgens Rodi, Clem, Flora. Alles leer und trüb. Mittags in Mainz. Lesehalle bleluköje [?] erzählt u gemalt. Ruhiger.

Freit. 5 Dez.
Von heut an datiert meine neue Arbeitsgewohn. Ich *muß* jeden Tag mehrere Stunden. Morgens »Bischof« begonnen. Angstvoll. Möge es gelingen. Noch nicht genug gearbeitet. Furcht, daß man mich hindert. Mittags Turnen, Liesel, Lotte (die stillt), Ria (die backt) + böse Nacht, häßliche

Samst. 6 Dz. (vordatiert. Gott gib Etwas)
Das Große ist nicht gekommen. Guter lieber Brief von Rodi mit dem Satz: Der Mensch verwundet mit dem Schwert und heilt mit Balsam. Aber der Ewige heilt mit demselben womit er verwundet hat. Heimweh, verzweifeltes Weh nach ihm. Geschrieben. Bischof wird, noch nicht genug gearbeitet. Ria nicht getroffen Helen franz.

Sonntag 7. Dez. (nachgetr.)
Morgens geschrieben. Mittags Besuch eine Stunde bei Otti, wo alles arbeitet

Montag 8. Dez. nachgetr.
Geschrieben. Lesehalle, guter Rodibrief aber morgens die halbschlechte Nachricht von Kerr u im Kinderg. das schreckliche Kind Anna, das mich trostlos u angeekelt macht

Dienst. 9. Dez.
Ich war heute den ganz. Tag müde. Kinderhalle, Turnstunde, Clem da, geschrieben, geht vorwärts. Warum ist mein Vater kein guter Mensch? Was soll man da tun? H. Simon–Sache für Rodi neue Hoffnung. Wenn nur aus d. Fahrt nach Heidelb. etw. wird. Ich bin müde u bedrückt Rodi komm.

Mittwoch (Nachtrag) 10. Dez
Immer noch müde. Verwirrt. Wenig gearbeitet. Furcht vor dem Gelingen. Bin ich überhaupt so heiß u rein, daß es gelingen kann? Vorbereit. zu Rodis Geburtstag. Seine Augen müssen glänzen. Helen sagt, daß sie sich schon besser fühlt, seit sie keine Tiere mehr ißt. Ich gehe nicht aus Müdigk. in d. S. A G. u fühle Gewissensbisse. Warum kann ich mich in keine Gemeinschaft fügen?

Donnerstag 11 Dez.
Lili da; weißhäutig, gepflegt, schönes Gesicht, wehtuend durch ihre Unstetheit, Flüchtigkeit in allem. Lesehalle. Soll Märchen im Waisenhaus erzählen. Bischof macht Sorgen. Schreibe nicht mehr unbefangen. Habe die Gnade nicht mehr?? Ich bete so für Rodi morgen. Mir ist das Herz so schrecklich schwer. Herr, hilf. Hilf einmal unverdient!

Freitag 12. Dez. (Nachtr)
Guter Nachmittag in Darmst. b. Haynols. Ich treffe Rod. Heimfahrt. Der erste glückliche Tag. Aber ich weine im Bett, denn der Rod will in 14 Tagen nach B. Ich bin allein, hilflos.

Samst. 13. Dez (Nachtrag)
Rodis Geburtstag, lieber u guter Tag. Neuwerk-Quartett u Rute mit Kerze. Guter froher Tag. Und ich fühle mich fast im eignen. Heiml an Rodis Schulter gelehnt während der Musik

Sonntag 14. Dez
Einkäufe für den armen, guten Rod, der alles heim trägt. Wehmut. Kein gutes Gefühl für Mannh. mehr, wegen Böthis beabsichtigt. Taufe und manch andrem Schon ist die Reise zu Ende. Trauer und Angst, der Abend in schreckl. Liebe zu Rod, aber der Körper vergewaltigt von der Enge rundum, und der schreckliche Zwiespalt in mir, dies. halben Abende.

Montag, 15 Dez. (N.)
Heimfahrt. Mutter gut, aber bitteres Heimweh. Hoffnung auf Stelle für Rodi u schon Ahnung d. Enttäusch. Lesehalle. (Michael Engel erzählt) Trauriger, einsamer Abend. Trauriger Brief von Irene, nach der ich Sehnsucht habe.

Dienstag. 16 Dez.
Heute war alles von bitterem Geschmack. Ob der Bischof etwas wird, ob die Stelle wird, ob aller Glanz weg geht, ob

die Zukunft zerbricht, daß ich schwach, elend, gering, untauglich zum Gutsein, Leben u Schreiben bin. Hilf!

Mittwoch 17. Dez ?
Gar gar garnichts gekommen. Schon frißt die Einsamkeit, wenn Rod weg ist, im Voraus mein Herz. Wie weit bin ich selbst schuldig an m. Unglück? Ich bin hin u her gezaust. Nur Kummer. Nur Tränen. Ganz arm Bischof ein wenig zufriedener.

Donnerst. 18. Dez. (Nachtr.)
Es wird immer trauriger. Den Tag über betäubt, durch den Bischof, der fortschreitet, morgens, mittags Lesehalle u mit Ria Pakete packen. Abends bringt Mutter Nachricht, daß m. Simon nichts. Ich weine in der Nacht. Ich kann nicht ertragen, wie alles betastet, was mir das Teuerste ist. Ihn abweist – weil er anständig ist. Es ist also unumstößlich, daß er weg muß. Mutter gut zu mir, aber mein Herz zieht sich zusammen.

Freitag 19 Dez
Turnstunde. Weihnachtsgeschenke. Nichts geschrieben. Alles durchgelesen. Brauch Verbesserung. Ruhe, mehr die alte Leichtigkeit. Aber vielleicht ist die wie alles Naive ein zweischneidiges Schwert. So müde, daß ich nichts, nicht einmal Traurigkeit spüre. Nur manchmal so ein Tag.

Samstag 20 Dez.
Nochmals Brief an Clem wegen Angelegenheit Rodi geschrieben. Weihnachtsfeier in der Lesehalle. Ich bin noch zu empfindlich für Urteile. Das muß anders werden.

Angst um den Bischof. Sorgen. (+ Engadin-Seen-Traum, den ich alle Jahre einmal träume. Diesmal haben sogar Weiber im Traum Oliven gekauft)

Sonntag 21. Dez
Vater zurück. Fühle sogleich Bedrängnis mit Ausnahme kurzer Lichtblicke des Mitleids. Anni G. war da. Daß ich mich von der Nähe von Bürgerlichkeit bedrängt fühle, ist ein Zeichen, daß ich schwach bin. Gute Stunde bei Grume, von der ich auch für Rodi hoffe. Nun denke ich auf einmal trotz allem Schweren, es ist richtig, daß er nach Berlin geht und Sim. war unrichtig. Hanukah.

Montag. 22. Dez
Ärger. Soll ich um Geld Schlechtes schreiben? – Den Bischof vollendet, mir erscheint er wie ein ungehauener Stein. Noch kein Urteil. Bei Lotte M. Unruhe, Angst, schlechter Tag. Mir scheint, ich habe nicht mehr den Weg zu Gott frei, nicht mehr Reue genug. Sonst wäre mir alles außer das einerlei. Wie könnten mich so geringe Zwischenfälle des Ärgers u Alltags sonst verstören. Man darf nur *ein* Leben führen (u ich?) + böse Nacht, nie wieder!

Dienst. 23. Dez (Nachtr.
Korrektur am Bischof. Reisefreude. Kann mich nicht mehr erinnern.

Mittw 24. Dez. Nachtr.
Weihnachten zuerst bei Agnes. Dann bei Mannheims. Klare Nacht. Heiter. Alles war recht gut.

Donnerst. 25. Dez. (Na)
Morgens mit Rodi u Lili im Berghof gegessen. Pflaum besucht. Lieber Mensch. Aber jetzt habe ich gewählt, weit weg das schreckliche geliebte, andre Leben. Rodi den Bischof gelesen u Enttäuschung gehabt. Hat er Recht?

Freitag 26. Dez. Nachtrag
In Mainz zurück, Nelli nicht ganz so, wie man hoffte Und die verkehrte Gastlichkeit meiner Eltern, und daß ich nicht den Gast so nehmen kann, wie ich will, als einen Mensch im Verhältnis zu meiner Gemeinschaft, ist bitter.

Samstag, 27. Dez. Nachtr
Nelli da. Viel Besuch aus Frankf da. Ermüdender fürchterlicher Tag. Ich bin sehr traurig. Ich bin allein u schrecklich ist es, nichts zu schreiben u ohne Bilder sein Böse Nacht

Sonntag 28 Dez.
Zionistentagung mit Nelli. Betäubende Menge fader Gesichter Von weither kommt – mich mit Eifersucht erfüllend u Schmerz – in meiner ebenfalls faden Geborgenheit – die hebräische Rede des Vertreters v. palestinenzisch. Arbeiter

[In der Handschrift von László Radványi:]
29. Dez. Montag.
»Des Menschen Art und Gottes Art sind verschieden; der Mensch verwundet mit dem Schwert, und heilt mit Balsam – doch Gott heilt mit dem, womit er verwundet hat.«
(Aus den Midraschim)

Mein einziges Leben, mein Eins, in dieser Stunde, in der wir uns für eine kurze Zeit trennen, sage ich Dir, Dir ins Auge schauend: wir sind eins, wir sind zusammen – und wir werden ewig zusammen bleiben.

Es trennen sich die Tschibeleut
Doch trotz der Trennung gross die Freud'
Denn sie denken: Nach kurzer Zeit
Sind wir eins für die Ewigkeit.«

30. Dez. Dienst. Nachtr
Helen französ. – dort gegessen – Lesehalle nicht mehr so froh dort, blauer Vogel abends. (Spielmann, Sibirischer Walzer) Die schlechten Knaben in der Lesehalle. Was mit ihnen tun? Ich bin noch nicht reif genug

31. Dez. Mittw. Nachtr
Nachmittags bei Grumin. Gut u lieb. Sie ist traurig – Sie erzählt von dem Menschen, dem man 6 prächtige Zimmer hergerichtet u der auf seinem Koffer sitzen bleibt. Sylvester ohne Schwester Clem. Einsamkeit, aber stolze Einsamkeit. Während all dieser Tage das beklemmende Gefühl, daß alle Bilder, alle Visionen weg sind, daß ich nicht mehr schreiben kann.

1. Januar [1925] Donnerst.
Frankfurt. Rodi fährt nach Berlin, Schmerz aber auch größere Liebe und Zuversicht. Auf einmal fühle ich mich freier und klarer. Gott gebe, daß es anhalte! Und eine Mauer von vielen Tagen ist in mir zerrissen u ich habe meine Bilder wieder, ja sie bestürmen mich + Wache/Traum-

nacht. Körper und Seele von wilder Vorstellung erfüllt, sehr gut.

2. Januar Freitag
Am Morgen sieht es nicht mehr so leuchtend aus. Ich will schreiben: 1) Der Aufruhr bricht aus im Bergwerk von Gassanagyi 2) der Graf von Salvani 3) über Ady 4) d. Roman weiter schreiben! Ich bete abends ungeduldig um ans Träumen zu kommt.

3. Jan. Samstag Nachtr
Ich war faul, träge, bloß verträumt. Gassa Nagyi angefangen, aber nicht viel. Abends Helen. Meine Traumlust schwindet u Wirklichkeitsangst u Kummer kommt.

4. Jan. Sonntag
Ich bin trübe. Keine Nachricht vom Rodi. Immer gleich Todesangst. Bei Lotte M. Die alten Zimmer über dem Rhein.

5. Jan. Montag
Komme durch gleichgültig. Besuch nicht zum Arbeiten. Nachmitt. Lesehalle, aus »Herz« gelesen, war zufrieden. Englisch mit Otti Unruhe um Rodi.
+ Schlechte Nacht.

6. Jan. Dienst. 1925
Guter Brief vom Rod, bin aber besorgt wegen R. Stelle etc! Wenig gearbeitet. Am »Aufruhr«. Eine seltsame Vereinigung von Gewißheit und Unsicherheit in mir. Und eine Art Eiferucht auf alles was ich schon schrieb.

7. Jan. Mittw.
Gassanaygi-Aufruhr weiter. Ich weiß nichts. Bei Flora gegessen, schreckliche Stumpfheit. Jetzt fast täglicher Gang am Rhein, Liebe zu dieser Landschaft. Nachmitt. mit Otti Englisch gelernt, was mich wie jede soziale Arbeit etwas beruhigt. Unruhe, Heimweh in mir. Wo ist eben Rod? Möge Gott uns helfen! Das Schönste, was ich las bei Kierkeg.: Der eine Augenblick indem auch Gott sich zurückzieht Denke viel an Irene, Kogan, Mannheims.

Donnerst. Nachtr. 8. Jan
Lesehalle, mit Otti, bis 11 Uhr nachts gelernt.

Freitag 9. Jan (Nachtr.)
Fahre nach Köln. Sehr gut mit Irene u Kaki. Im kleinen Zimmerch. bei Rudolfis.

10. Jan. Samst. Nachtr.
Köln. St. Gerenn. Mit Irene. Ich hab sie gern, aber sie ist keine Schwester – eine schöne Fremde, nicht das selbe Blut, nicht das selbe Leid wie bei Mannh. die viel schwächer sind, aber gleiches Grab, gleiche Mutter! Ich beginne das Bilderbuch.

11. Jan. Sonntag. Nachtr.
Köln, der gleiche Zustand. Viel Gutes erfahre ich von Irene. Gott hat uns verschieden gemacht. Kummer durch Irenens Bemerk. über Kogans Äußerung über m. Briefe. Der große Schmerz, wenn man empfindet es ist Vorbei, selbst wenn d. Vorbei gut ist. Heimweh nach Rodi u ung. Freunden. Abends bei Wachsbergers.

12. Jan. Montag. Nachtr.
Zu Hause. Freude von Mutter. Lesehalle. Abends Vortrag Beck. Wie ich heimkomme, Stellungstelegr. vom Rod. Warum habe ich immer in d. Freude das Gefühl mich von Gott zu entfernen?

13. Jan. Dienst. Nachtr.
Morgens Nähen mit Mutter, nachmitt. u abends in Frankfurt »Familienabend«.

14. Jan. Mittw.
Bilderbuch. Nachmitt. Lotte M. »Aufruhr« wächst. Wenn er nur wird! Ein Revolutionsmythos! Mich brennt der Schmerz mein. Mutter, daß ich von ihr gehe. Stellungsbrief vom Rodi, mich grämt ein wenig seine Hast.

+ Ich legte mich doch ruhig schlafen, betete noch, – u dann, mein Wille war noch garnicht wach – war ich schon drin u nachher Kummer u Ekel.

15. Jan. Donnerst.
Bilderbuch, Lesehalle, »Herz« vorgelesen, zufrieden. Bangnis um Rod. Warum? Mit Gottes Hilfe geht doch alles gut? Unruhe weil ich nicht ans Schreiben kam. Politik und Regier. macht mich aus mehr als ein. Grund niedergedrückt und angstvoll.

16. Jan. Freit.
Otti Englisch. gez. – Bilderbuch – Bei Lotte mit sich biegendem Kinder Märchen Theetisch unter der Lampe. Vasantasena im Theater. Ich erwarte sehnlichst Briefe vom

Rodi. Mein Rodi + Bis in die Nacht hinein verfolgt von schmerzlich. Gedanken um Rod.

17. Jan. Samst.
Kein Brief. Wachsende Unruhe. Bilderbuch Kinno. Jetzt möchte schon ungestüm an meine eigne Arbeit. Müde, unzulänglich, alle bösen Geister sind wieder da. Zukunftsangst, Angst um Rod, um Arbeit, die Verblendung meines Vaters.

18. Jan. Sonnt.
Brief von Rodi! Freude! Immernoch viel Sorge, auch wie sich bei mein. Eltern die Heirat schließlich verwirklicht. Aber froh Brief zu haben. (Und immer gleich d. Gefühl daß mit d. Freude Gott entfernt u ich brauch doch so schrecklich Freude, nicht nur so ein bißchen / Bei Otti. Bilderbuch fertig.

19. Jan. Montag.
Lesehalle, Miss Giles zurück. Ich bedaure, keinen Weg durch mein. Schuld zu ihr zu finden. Otti Stunde. Noch nichts gearbeitet.
+

20. Jan, Dienst.
Etwas am Gassanagyi geschrieben. Zorn auf mich, daß ich noch nicht genug arbeite. Das *muß* morgen abend schon anders sein. Der russische Lehrer Maklakoff ist da! Brief vom Rod, viel Hoffnung u viel Sorgen

21. Jan. Mittw.
Erste russ. Stunde. Meine immer, wenn ich nicht die Mensch. gleich aufreiße, es wäre meine *Schuld*. Morgens gearbeit. aber noch nicht genug. Alles noch nicht genug. Gott gib einen hinreißend. Sommer mit Rod.

22. Jan (Nachtr.) Donnerst
Etwas gearbeit. noch nicht genug. Ich brauche Menschen um mein Wesen glühen zu lassen, aber wenn ich auch allein bin – das soll mich nicht löschen! Elternhaus – Rodi – Revolution Viel gedacht. 10 Seiten Rom.

23. Jan (Nachtr.)
Zu müde zu schreiben. Viel viel gedacht. In einem Tag, viel Licht viel Finsternis – Revolution – Lebensverlangen – Todnotwendigk. Wie wird sich das lösen?

24. Jan Samst.
Jetzt täglich Russisch u »Aufruhr« Oft heiter in einer gewissen errungenen Lebensharm. Könnte ich auch nur schon heiter an den Tod denken! (Dann plötzlich ist nur d. Finstere da.) Viel gedacht. Jetzt sehr müde. Angst u Liebe Rod

25. Jan. Sonntag
Schlechter einsamer Sonntag. Ich brauche Menschen. Warum nur so stark? Ich vergleiche mit Unruhe das alte geliebte u das heute vom Rodi geschickte Bild. Warum schäme ich mich, daß ich nicht gern tanze?

+

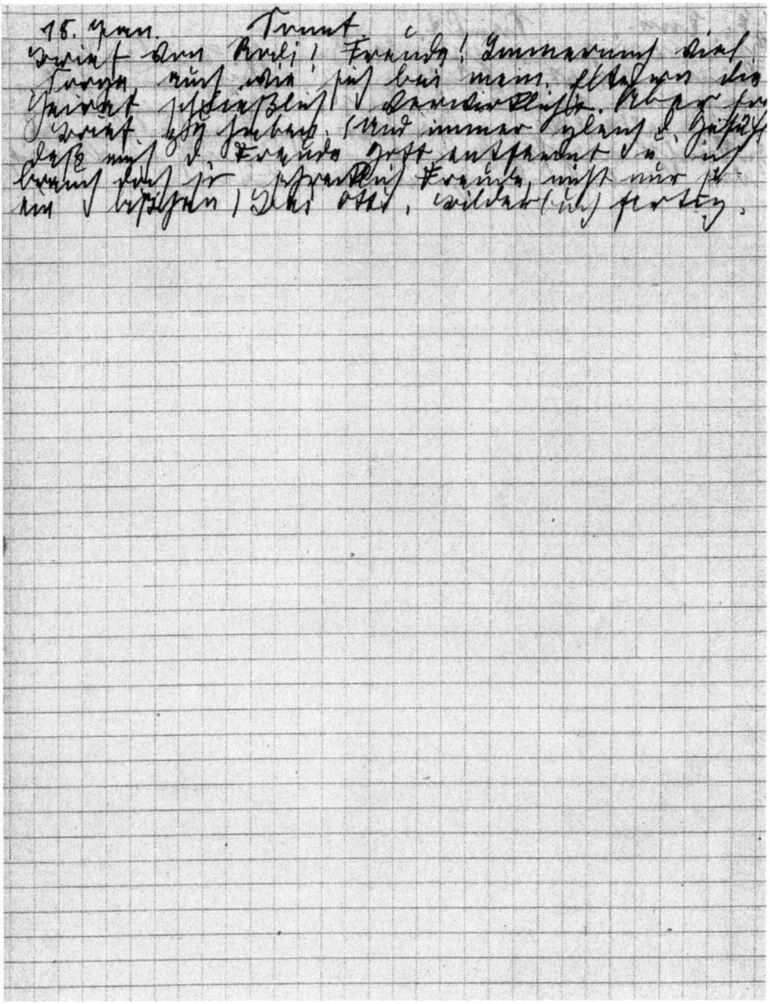

Tagebucheintrag vom 18. Januar 1925
(verkleinert, ebenfalls auf den Seiten 29, 37, 55)

26. Jan Montag
Trauriger Brief v. Wolters. Russisch Lernen Lesehalle, davor immer schlechtes, danach immer ruhigeres Gefühl, selbst wenn ich selbst dort versagte! Arbeite mehr!

27. Jan. Dienstag
Schrecklich enttäuschende Post von Mannh. Ich bin traurig. Lerne daraus: Mit heftigster Hingabe sich jeglichem Menschen widmen, den Gott am Tag in den Weg schickt. Ich arbeite doch wenig, bin versorgt um Viele u um mein Mutter die krank ist u um Rodis Brief. Man kann auch *nie allein* sein, wenn man sich so d. Menschen gibt, denn dann ist alles Verantwortung. Russischer Lehrer? Gertr. Giles?

28. Jan. Mittw. (N)
Morgens Arbeit, Nachmittags Haynol Darmst. Gutes Heim, gute Menschen, heimkommend eifersüchtige Kälte gegen die Welt, die ich mitbringe. Warum ist heimkommen nicht heimkommen.

29. Jan. Donnerst. (N)
Morgens Stadt u. Stunde mit Otti, in der ich schlecht war. Meine Mutter, warum liebt sie meine Welt nicht genug? Warum bin ich nicht stark genug, sie lieben zu machen? Nachmitt. zerstörte Arbeit, da Mitleid mit mein. Mutter, die allein sitzt. Abends Verdi. Ich träume mehr und denke weniger.

25. Febr. Mittwoch
So verzweifelt, so unruhig, so todesgleichgültig, daß ich während der Zeit nichts einschrieb.

Heute besser, siegessicherer. Schreckliches Liebesbedürfnis und Schreibbedürfn. u zuwenige Hoffnung.

26. Febr. Donnerst (Nachtr)
Fahrt nach Köln. Sehr guter Abend dort mit Withs. Ruhe u Freude. Sich in Freuden hinzugeben u neu zu finden.

27. Febr. Freit. (Nachtr)
Heimfahrt. Kindergarten. Niedergeschlagenheit über das Grausame Schlechte in diesen Knaben. Theater.

28. Febr. (Nachtr.) Samstag
Ebert gestorben. Traurig. Ich arbeite wieder. Rabinowitsch. Herrenhofsage. Helen.

Sonntag. 1 März
Arbeit. Auseinandersetz. mit Mutter. Warum will sie, daß ich gegen mein Gewissen, gegen das Recht handle? Das Schrecklichste der Welt sind blinde Eltern. Vrene [?] – [?] Wiesbad. Otti, Milli W. Gott nimm von mir die schreckliche Angst, die schreckl. Gewissensqualen. Seit 2 Monaten Rodi nicht gesehen. Alles ist ja gut, wenn wir jetzt wirklich zusammenkommen, alles schwankt, wenn etwas dazwischen kommt. / Hilf Gott!

Montag 2. März 1925
Bei Salfeld wegen Übernahme d jüdisch Textilarbeit. Kummer um Rodi. Warum ist dieser Mangel der Wirk-

lichkeitslosigk. Und Kummer um meine Eltern. Arbeit, aber nicht genug u fortwährende Sehnsucht nach kristallisierter Einfachheit.

Dienst. 3 März 1925
Ich bin nicht zufrieden mit mir, nicht ausgebrannt, nicht streng, nicht glühend genug. Zu wenig gearbeitet. Das muß in 8 Tagen ganz anders aussehen. Schwarz, Helen, Eva. Lesehalle.

Montag 23 März
Berlin. Ich bereue, nicht eingeschrieb. zu haben. Ich will von nun an immer einschreiben, denn bei mir ist es Trägheit und Gewissenlosigk. wenn ich nicht schreibe. – Nach 2 Monaten wieder mit Rodi u wieder wie gestern. Meine Liebe ist so, daß jeder seiner Fehler mir den Tod näher bringt. Erster Tag schlecht wie stets: Die wahre Wirklichkeit gegen die geträumte. Heute viel besser, die Liebe ist reiner und die Furcht auch geringer, weil der Glaube größer ist.

Dienstag,
Egypt. Abteilung. Heilige Johanna. Rodi gar nicht allein gesprochen. Körperlich müde, krank, inwendig traurig u furchtsam. Gott, mach daß ich dich sehe. Wenn ich dich sehen würde, gäbe es keine Furcht mehr.

Mittwoch
Nicht ganz zufrieden, durch eigne Schuld. Guter Abend bei Schaeffers. Der Georgier mit den großen Zähnen. Wenn man nicht *ein* Leben lebt, gibt es 1000 Zwiespälte.

Hör, wenn du das in einiger Zeit wieder liest im gleichen Dilemma, dann zögere nicht, nimm *ein* Leben, lieber eine feste Sünde statt tausend.

Donnerstag
Guter Abend mit Rod. Wir gehören in Wahrheit vor Gott zusammen. Auch wegen meinem Vater. Aber unabänderlich. Was werde ich in 6 Monaten dazu sagen? Ich arbeite zu wenig. Das wird sich jetzt ändern.

Freitag.
Rodi Gassa Nagyi vorgelesen. Er ist immer religiös traurig. Ich, ich bin für ihn *die* Gefährtin im religiösen Sinn, werde es immer sein. Es ist sinnlos von mir, unser Verhältnis anders umzuphantasieren. Es ist keine Stätte der erotischen Phantasie. Diesen Eros, den Gott mir gab, u den ich leben muß, soll ich sicher in der Kunst leben. Ich habe soviel weiße Haare schon, daß scheint, mir sind bloß vielleicht 3 Jahre »dieses Lebens« gewährt.

[In der Handschrift von László Radványi:]
29. März 1925. Berlin.
Mein liebes gutes Rehlein, das Schönste was ich Dir jetzt sagen kann, ist, dass jetzt nur noch einige Wochen vor unserer Heirat sind.

> Es freuet sich die kleine Tschib
> Der grosse Tschibok freut sich mit,
> Die Trennungszeit ist bald vorbei
> Nichts bringt die Tschibben dann entzwei.

Freitag.
Heute habe [illegible] ausgelesen. Es ist immer [illegible] traurig, daß ich [illegible] für [illegible] *die* Geschichte des [illegible], obwohl es immer [illegible]. Es ist sinnlos von mir, unser Verhältnis [illegible] hineinzuinterpretieren. Es ist [illegible] Motto der [illegible], dieser [illegible], den [illegible] nur [illegible] u. daß ich [illegible] muß, weil ich [illegible] in der [illegible] leben. Ich habe [illegible], schon, daß [illegible], wir sind bloß vielleicht 3 Jahre „[illegible]“ [illegible].

7. April 1925
Ich bin mit mir unzufrieden. In allem was ich tue u. schreibe, ist eine vergiftende, falsche Traurigkeit. Ich bin zu träge. Ich habe mich von äußeren Dingen aufhalten lassen u nun rächen sie sich an mir und halten mich noch mehr hin. Würde doch Rodis Mutter schreiben, daß endlich diese Sache ins Reine kommt. Hilf Gott, ich bin es zwar nicht wert, arbeite »Raptinis Gelosch«[?]

[In der Handschrift von László Radványi:]
13. April, 1925. Mainz.
Du bist meine Seele, Tschib, und mein einziges warmes Leben. Ohne Dich hätte ich keine Freude, und mit Dir habe ich Freude für ewig. Das ist wahr und wird immer wahr sein, mein Kind.

15. April 1925
Ich muß fort. Ich muß wahr leben, sonst geht alles zu Grund. Niemals ist das Rechte leicht. Ich will nicht verzweifeln Gott soll mir helfen.

29. April. Königstein. Wird die Verlobung am 4. veröffentlicht? – Ich bin in großer Gefahr. Ich sehe diese Wochen zu sehr als Zwischenstation an. Aber es gibt kein. Zwischenstat. Ich muß beständig arbeiten. – Immer die schreckliche Frage: Darf man um der Wahrh. willen andre zu Grunde richten, vor allem aber »um selbst das Wahre« auszudrücken. Jedenfalls gibt es vor der Sünde nur eine Beschwichtig.: die Not ernster Arbeit.

4. Mai. Ja, am 4. war Verlobung.

Am 9. u 10. waren Lili Fischer, Lilo u Sonnt. Rodi da. Es war gut u einfach.

Das ist ein schöner Satz von Lili: Wenn nur ein Funken Möglichkeit besteht, etwas in Güte zu tun, so darf man es nicht in Härte tun. Erfordert die Wahrheit Härte, dann Härte. Aber sowie man nicht um der Wahrheit willen weich sein darf, so muß man auch die letzte Gütemöglichk. probieren.

13. Mai. Mittwoch
Sommer draußen. Freude auf Hochzeit u tiefe Angst um Mutter. Im Ganzen etwas mehr Glaube u Hoffnung. Ich bin schrecklich zornig furchtsam auf m. Arbeit. Sie ist in allen Fällen mein Rückgrat. Möge Gott mir helfen. Denke durch: Albatros, Bucklich Braut, Johann Sebald steckt seine Lampe an,

Donnerst. 26. Mai
Heute ist ein ganz schlechter Tag. Freudlos und einsam und Gott weit weg. Wie wird's die Feiertage gehn?

Ich arbeite an, Jans muß sterben.

Die Legende von der Reue des Bischofs Jehan d'Aigremont von St. Anne in Rouen

mit Gottes Hilfe

Die Legende von der Reue des Bischofs Jehan d'Aigremont von St. Anne in Rouen

Das Floß der Galgenvögel auf dem Strande von Antrenière schwankte gelinde mit allem, was darauf war, sobald eines der großen Schiffe von Rouen oder vom Meere her ruhig und gelassen den Strom entlangfuhr. Angepflockt an hänferne Stricke, blinzelten die Sträflinge über die Netze, an denen nur gerade ihre Fingerspitzen etwas zu zupfen hatten, hinweg über das Wasser nach den Fähren und Booten, nach den Dörfern am andren Ufer, nach den Wolken und manchmal auch nach rückwärts über die Hügel, wo zwischen zwei Höhen, wenn der Tag klar war wie heute, die Stadt Rouen mit Türmen, Zacken und Kanten in einem Spitzensaum gegen den Himmel endigte.

Sie wagten die Köpfe nicht zu drehen und schielten schräg nach dem leise ansteigenden Strand, wo in der Ferne zwei Punkte auftauchten, näher rollten und größer wurden. Es war der Aufseher, der einen neuen Sträfling an seinem Strick hinter sich her wie einen Hammel schleifte, entweder weil er sich wehrte oder weil er aus irgendeinem Grund nicht imstande war, aufrecht zu gehen. Der Aufseher schleifte ihn auf den Steg, versetzte ihm einen Tritt in den Hintern, daß er mit dem Gesicht nach unten über das Floß fiel und die Bretter schwankten und das Wasser spritzte, und rief: »Jetzt lies deine Messe, Bischof.« Dann stülpte er ihm, wie er lag, eine rote Mütze über den rasierten Hinterkopf, warf ihm eines der Taue über die Schultern: »Da nimm deine Stola!« Zog geschwind den Strick durch den Pflock und schlenderte weiter zu den andren Floßen.

Der Mann richtete sich nicht auf, wozu? Er blieb, wie er gefallen war, auf dem Bauch, das Gesicht nach unten. Über seinem leeren Platz, da, wo seine Hände eigentlich sein sollten, kreuzten sich von rechts und links zwei Arme, und sein Anteil wurde schweigend mitgemacht, aber irgend etwas war in die Sträflinge gefahren, eine Angst, ein Schrecken, der nur so gerade in ihren Schultern zuckte, in ihren Nasen, in ihren Handgelenken. Sie waren unruhig geworden und duckten sich flüsternd ineinander. »Was will denn Er hier? Warum gerade auf unser Floß? Was hat man mit uns vor?« »Er ist es ganz bestimmt, ich habe ein Dutzend Sonntage seine Predigten gehört in St. Anne, Priepournous – wir nennen es so wegen der Inschrift, weil es doch auch ein St. Anne vor der Mauer gibt. Die Kinder meines Bruders, kleine gelbe Würmer, hat er allesamt frisch und rot gemacht. Meine Nachbarin hat er geheilt. – Und mir die Mutter! Und Katharinas Augen! Und ich war dabei, wie er auf Pfingsten vor drei Jahren mindestens 7 Leute in einer Stunde geheilt hat. – Und doch haben die Schiffer erzählt, wie er das Frl. Claudia aus der Rue Amère mit einer Halskette in seinem eignen Hause erstickt hat, ja!« »Wie kann er dann eine Geliebte gehabt haben, wo man doch sagt, daß er – – – –« Der Aufseher drehte sich um und kam den Weg zurück, blieb stehen, belustigte sich aus irgendeinem Grund, daß dieser Mensch noch immer mit dem Rücken nach oben lag, betrachtete ihn eine Minute, kam dicht an das Wasser und spreizte das Bein, ja, es reichte gerade, und er gab ihm

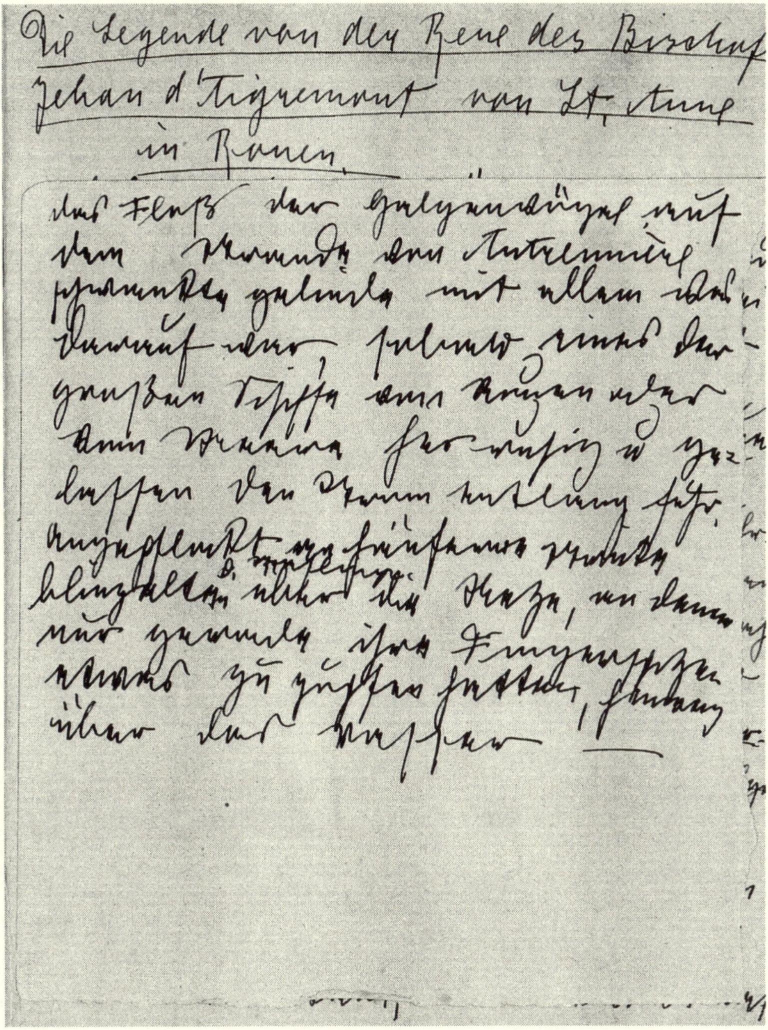

Die Legende von der Reue des Bischofs
Jehan d'Aigremont von St. Anne
in Rouen

Die erste Seite mit aufgeklebtem Blatt

einen zweiten Tritt, daß der Körper hochschnurrte. Unter den Sträflingen befand sich einer, glatt und dünn, den nackten Kopf voll roter Pünktchen, in den blauen Augen winzige glitzernde Flämmchen von Lustigkeit, seit 10 Jahren trieb er sich auf allen Galeeren und Prangern der Heimat herum, unter den Sträflingen hieß er Chat Chat Rouge. Ehmals war er ein Edler von Bialors, und Gott weiß, wieso seine Hände auf diesem Floß geblieben waren, als ob er sie aus dem lauwarmen Bad gezogen hätte, die Nägel spitz und rosa, in den Fingern die zarten Rillen, wo die Ringe gesessen hatten. Dieser Chat Chat nun, gleich hatte er den Bischof erkannt und die Pünktchen in seinen Augenwinkeln hatten zu glitzern begonnen – schlängelte sich blitzschnell zwischen Rücken und Armen hindurch, auf einmal war sein Kopf an der Brust des Fremden. »Gräme dich nicht, Bischof«, lächelte er, »nimm es dir nicht zu Herzen, Bischoflein, es kann sich noch alles ändern, es ist noch nicht aller Tage Abend!«

Jehan, der Bischof, war schon bei dem zweiten Tritt aufgewacht, er hatte sich umgesehen. Auf seinen Schultern saß noch der alte Kopf, fast ja fast das alte Gesicht, ein wenig verwischt, aber noch nicht ganz, da drinnen war alles weg, vorbei war der alte Glanz, etwas davon hatte sich noch hier und dort im Antlitz verkrochen, die Herzen entleeren sich schneller, das ist so mit den Gesichtern. Jetzt horchte er auf. Was war das für eine Stimme gewesen? Was hatte sie gesagt? Nein, sie irrte sich: Der Abend aller Tage war längst gewesen. Es war sogar ein ganz besonderer Abend, er hatte den Geruch gehabt, wie ihn nur dieser einzige Abend haben kann, noch spürte er ihn zwischen den Nasenflügeln. Nein, dieser Abend war vorübergegangen, und nachher kam nichts mehr, und dieser Bischof von Priepournous, von dem sie sagten, daß er irgend etwas mit ihm zu tun gehabt hatte – – – – Nein, worüber sollte er sich grämen? Alles war ja in Ordnung.

Und er bückte sich, und seine Hände fingen auf einmal an zu knüpfen und zu zupfen und zu drehen, sanfte, geduldige und geschickte Hände, die Sträflinge schielten nach seiner Stirn, seinen Lippen.

Aber die Unruhe, die die Sträflinge bei dem Erscheinen des Fremden ergriffen hatte, legte sich erst, als sie am Abend in die Schlafstelle getrieben und an die Lagerpfosten gekoppelt worden waren. Die Dunkelheit machte alles zunichte, weg war das schreckliche Gesicht dieses Fremden, der lag nun irgendwo für sich auf seinem Sack, und die Nacht deckte seine sonderbaren Hände und Augen zu, daß sie niemand in Angst versetzen konnten. Sobald die Türen geschlossen waren, fing es an zu rascheln, zu lachen, zu flüstern und zu seufzen, und in diesem Loch voll Nacht huben alle die tausend Töne an, die die Leiber und Herzen anstimmen, wenn sie sich einander öffnen und verstricken wollen. – Der Bischof lag ausgestreckt auf seinem Sack. Sein Mund öffnete, seine Nase blähte sich, er machte die Hand hohl, als ob er etwas davon schöpfen könnte. Warum war dieser Mantel um ihn herum? Hatte er nicht das gleiche getan wie all diese, war denn einmal in seinem Leben etwas so Schreckliches gewesen, daß keine Hand kam, um nach seiner Haut zu fühlen, keine Kniee sich an die seinigen zu pressen?

Er wälzte sich von seinem Sack, soweit es der Strick erlaubte, und verzweifelt betastete er die Luft nach irgendeinem Leib, nach irgendeinem menschlichen Körper. Er griff einen Ärmel, eine Schulter und rollte danach und preßte sein Gesicht gegen das fremde Gesicht, aber Chatchat, der es war, stemmte die Handflächen gegen die Brust des Bischofs, um ihn abzuwehren. Jehan weinte. »Laß doch! Ich will dir nur erzählen, ich will ja nur alles der Reihe nach erzählen. Du weißt ja gar nicht, wie es angefangen hat. Und dabei hat es so sonderbar angefangen. Es hat damit angefangen, daß ich im Viertel St. Eustache, um einen Regenguß abzuwarten, frühmorgens – ich hatte die Nacht bei einem Kranken verbracht, die Nacht war noch gewesen wie alle Nächte und alles war verlaufen wie immer, ich hatte an jede seiner Schläfen drei Finger gelegt, und ich fühlte, wie ich ganz in ihn hineinkroch, in seine Augen, in seine Brust, bis in seine Zehen, und wie ich seine Haut anhatte und wie ich diesen Riß in seiner Haut spannen und brennen spürte und wie dann irgendeine Hand, es war immer wie eine fremde Hand an meiner eignen Haut, darüberwischte, wie man so über ein Stäubchen bläst, und ich spürte, wie der Riß weniger spannte und dann gar nicht mehr, und wie ich auf den Leib des andern sah, war auch nichts mehr da – mein Arm war noch ausgestreckt – – – also, um einen Regenguß abzuwarten, trat ich frühmorgens unter das Vordach eines Trödlers, und ich schaute gedankenlos in sein vollgestapeltes Fenster. Unter allem Kram erblickte ich ein blaues Kettchen, so ein ganz gewöhnliches Halskettchen aus runden blauen Steinen, ich weiß nicht, wie man sie nennt, sie gefielen mir gar nicht, ich dachte, blau ist doch eine schöne Farbe, aber die waren so trüb, so milschisch, und kannst du's begreifen, doch kam mir gleich der Gedanke, ich will das Kettchen kaufen. Dann dachte ich: Nein, es ist unrichtig, es zu kaufen, und dann dachte ich dagegen ›Warum soll ich es nicht kaufen? Ich werde es einem Kind schenken‹. Und ich trat also ein, und wie ich es in der Tasche hatte, war es schon vergessen. Ich erinnere mich noch, daß es an diesem Tag ununterbrochen geregnet hat. Ich war bald bis auf die Haut durchnäßt. Ich war so naß und matt, daß ich in eine Wirtsstube trat und eine Suppe verlangte. Ich nahm ein paar Löffel, soviel nötig waren, schob den Teller weg und dachte in mich herein, so wie ich damals immer gedacht habe. Auf einmal wurde die Tür geöffnet, eine kleine Gesellschaft trat in die Stube – ich sah auf. Es war eine junge Person dabei, das Fräulein Claudia, sagt man, sie trug das Haar auf eine seltsame Art frisiert, aber vielleicht tragen es auch alle Weiber so, eine lange Locke rechts und links und ein Nest von Flechten über dem Nacken und ein Perlennetzchen darüber. Ihr Gesicht und ihre Brüste waren rundlich und weich, aber ganz farblos, du wirst es nicht begreifen, sie waren nicht einmal weiß – weiß ist es anders, es war gar keine Farbe. Sie hatte einen Schleier über den Schultern und darunter goldiges Zeug an, und hier und dort durch die Spitze sah man Stückchen ihres Körpers. Sie gefiel mir gar nicht. Ich fuhr nur zusammen, rief den Wirt, ›Sag dem Fräulein, sie möchte in mein Haus kommen, ich hätte mit ihr zu reden‹.

Ich ging heim, setzte mich hin und wartete. Am Nachmittag kam sie. Statt eines Schleiers trug sie einen gefransten Umhang, der ihre Brust fast verbarg. Sie trat mit verlegener Miene ein. Wie sie aber mein Gesicht erblickte, verstand sie alles sehr gut. Wir waren ein paar Stunden zusammen. Ihr Körper war wie ein Fisch ohne Schuppen, nicht weich, sondern glatt; nicht weiß, sondern weißlich.

Sie war nicht heiß, nicht kalt danach, nicht betrübt, nicht verzweifelt, nichts von alldem. Ich trat ans Fenster, um zu sehen, ob es noch immer regnete, das war mein Gedanke – während sie gleich anfing, sich von neuem zu schmücken und aufzuputzen. Da fiel mir auf einmal die Kette ein. Ich zog sie heraus, ich mußte lachen. Ein paar Dutzend ihrer runden matten Augen schienen mir eins neben das andre aufgewacht. ›Hier ist etwas für dich!‹ Sie streckte die Hand danach, ich hing es ihr um den Hals, knüpfte es zu, sie lächelte, ach, auch ihre kleinen Zähne hatten etwas Süßliches, Törichtes, ich zog fester, es riß nicht, ihre Augen wurden noch runder, ihre Zungenspitze kam heraus, und ich, ich wollte ihre Augen noch runder und lächerlicher, ihr Gesicht so häßlich und töricht sehen, wie es sein sollte, ich zog und zog. Ich warf sie in eine Ecke auf den Teppich, es war mir ganz wohl, und ich trat ans Fenster und sah zum zweiten Mal nach dem Regen, es war noch immer der alte Regen.

Und dabei hat er so sonderbar angefangen. Wie ich frühmorgens durch die Vorstadt St. Eustache kam, trat ich, um einen Schutt abzuwarten, unter das Vordach eines Trödlers.« Und der Bischof, dessen Stimme, – dessen Stimme durch die verschlossenen Kirchentüren die Müßigen in deren Gassen aufgestört hatte, – nun eingeschwungen war wie eine Tänzerin, leise in der Dunkelheit süß und hart, aber mit hundertfachen Härten und Süßigkeiten, fing seine Geschichte von neuem an.

Er merkte nach und nach, sie wälzten sich zu ihm hin, sie lösten sich voneinander, sie suchten in der Dunkelheit sein Gesicht, er war nicht mehr allein und also war alles gut, und er ließ Chatchat los, dessen Schultern er noch immer gepackt hielt, warf sich wieder auf den Rücken, betrunken von seiner eignen Stimme, die über seinem Körper schwang wie eine Glocke. »Es hat damit angefangen, daß ich frühmorgens im Viertel St. Eustache – – –« Die Sträflinge richteten sich auf ihren Säcken auf, horchten, seufzten manchmal, pfiffen, rieben sich die Hände, und einmal rief Chatchat dazwischen, »Wir wissen es ja auswendig: – – trat ich unter das Vordach eines Trödlers, – – –« Aber Jehans Stimme, ein Klöppel eigener Schwerkraft, läutete weiter, und sein Körper zuckte dazu, er zuckte nicht nur, er tanzte.

Am Morgen war der Bischof ganz erschöpft, aber wie war er froh. Nun hatten ihn alle gesehen, nun hatte [er] diese Geschichte wie ein Wappenschild, das konnte er hochhalten und damit prahlen, und er brauchte nie mehr allein zu sein, und alle kamen und schüttelten und stießen ihn und sprachen ihn an und rieben sich an ihm. Und am besten war es, wenn ein Neuer kam, dem konnte er seinen Glanz von vornen zeigen, den konnte er überraschen – – sonst ließen sie ihn des Nachts auf seinem Sack seine Geschichte hersagen, soviel er wollte. Jetzt hatte auch sein Herz aus seinem Gesicht gemacht, was es wollte, ein feuchtglänzendes zufriedenes Gesicht. Um seine Mundwinkel blinkten jetzt oft die Lichtchen von Lustigkeit, die in Chatchats Augen standen, denn sie waren ja an dem Ort die edlen vornehmen Herren, die Adligen.

Eines Nachts, in der Weihnachtsnacht, hörte man nicht einmal das Stroh in den Säcken rascheln, denn durch die Löcher in der Decke brachte die schneeklare Luft, wenn man den Atem anhielt, etwas von den Chorälen der Mitternachtsmesse in Rouen. Chatchat beugte sich über den Bischof, um seine Züge zu beobachten. Er hatte die Augen geschlossen, aber seine Lippen bewegten sich, seine Schultern bebten heimlich, wie gefesselt durch das allgemeine Schweigen. Sein Mund öffnete sich mehr, dann brach es heraus: »Wie ich frühmorgens durch die Vorstadt St. Eustache kam – – –« Die Sträflinge wurden zornig. »Sei still. Weißt du nichts Besseres? Ja, er kann doch lateinisch! Ja, wir haben schon lange kein Lateinisch gehört. Mach vor, wie der Bischof die Messe in St. Anna hält!«

»Ich habe schon alles vergessen«, murmelte Jehan, aber dann sprang er auf die Füße, stellte sich auf den Sack, etwas vorgebeugt, weil der Strick seinen Hals zog, wie gut war es, so in der Mitte zu stehen, und alle starrten ihn an, und er konnte ihnen etwas hinwerfen, nur so durch die Luft streuen. Sein Gesicht blinkte über und über vor Heiterkeit, und ein Kichern in der Kehle, die abgemagerten Arme abgespreizt wie dürre Zweige, machte er seine Predigt, wie es kam, wie es tönte, wie er selber zärtlich in jedem Ton sich wiegte, und die Sträflinge stemmten die Arme in die Seiten, schwenkten die Oberkörper, platschten mit den nackten Füßen auf den Boden, »Weiter Bischof«, und er formte seine große kluge gefügige Hand zum Kelche, da fand sich noch ein Bröckchen in einem Napf, und er verteilte in feinem geziertem Schwunge die Hostien. Einer rief: Zeig uns, wie der Bischof von Priepournous die Kranken geheilt hat – und er zog einen kleinen verknörpelten Burschen heran, dessen Lippen sich wölbten in einer merkwürdigen rotgefleckten, herabbaumelnden Frucht, streifte die Ärmel zurück, legte drei Finger an dessen Schläfen »Signa et mirabilia fecit asint [?] mei – –«. Da fielen seine Arme schlaff herunter, seine Stirn wurde grau, und die Sträflinge sahen bestürzt in dieses Gesicht, wo die merkwürdige rote Frucht zu schmilzen schien, zu verkümmern und dann nichts mehr war als ganz gewöhnliche Menschenlippen.

Der Bischof lehnte an der Mauer, er senkte den Kopf, seine Kniee schwankten, zuerst hatte er gar keinen Gedanken, aber dann – Ja, jetzt war wieder der Mantel um ihn herum, jetzt lassen sie ihn wieder allein stehn, was sollte man auch mit so einem tun? – Da brach Chat Chat Rouge das Schweigen. »Siehst du wohl, Bischöflein!« rief er, »habe ich es dir nicht gesagt? Es ist noch nicht alles vorbei, mit so etwas kannst du noch ein reicher und angesehener Mann werden!« Er küßte ihn, dieser Chatchat verstand es wahrhaftig, mit den Händen an einem entlangzufahren, als ob er weiche kostbare Stoffe über die arme Haut breite, und Jehan sah zu ihm auf, halb beschämt, halb prahlerisch – auch die Sträflinge wagten sich jetzt, es war gut, daß Chatchat das Zeichen gegeben hatte.

Ein paar Tage lang blieben sie mürrisch, dann schlupfte einer zu ihm hinüber und hielt ihm die Hand unter die Augen, ein häßliches, zerfetztes, fleckiges Ding. Der Bischof runzelte die Stirn, aber dann »wenn schon denn schon«, flüsterte sein Herz und schielte zu Chatchat hinüber, »siehst du wohl, was ich für ein Herz bin!«

Manchmal sah Chatchat mitzu, so zwischendurch, die Arme auf der Brust gekreuzt, seine Augen wurden ganz blank dabei, er drehte lustig die Daumen umeinander. Aber eines Tages sagte er: »Du hast jetzt lange genug die Sträflinge von Grind und Warzen geheilt. Wir müssen weg, und ich weiß auch schon wie!« Der Bischof senkte den Kopf. »Warum denn weg?« »Was! Willst du für immer hier bleiben? Hör mitzu! Morgen gibt es neue Stricke. Ich habe es geübt, wenn man vorher den Atem anhält und die

Halsmuskeln strafft, wird die Schlinge zu weit, und man kann wieder herausschlupfen. Kannst du tauchen?« »Ich kann alles«, murmelte Jehan. »– Wenn am Abend die Schleppschiffe nach Rouen hinauffahren – –«, der Bischof zuckte zusammen, »überall hin, aber nicht nach Rouen!« »Gerade nach Rouen«, sagte Chatchat gelassen, »dort sieht man sich am wenigsten, dort weiß ich Häuser und Gassen am Fluß – – und was willst du? Dort gibt es alles, Weiber, Gefährten, Abenteuer – – –«

In der Nacht lagen sie nebeneinander; jeder wachte für sich, gegen Morgen warf sich der Bischof dem Chatchat an den Hals: »Nicht wahr, du wirst mich nie allein in Rouen lassen, nicht wahr, geliebter Freund, du wirst mich nie allein dort lassen.« Und er legte sich wieder zurück, schloß die Augen, und leise wie einer, der mit seinem Gebet die eingeschlafenen Geschwister nicht stören will, begann er mehr mit den Händen als mit den Lippen: »Wie ich frühmorgens durch die Vorstadt St. Eustache ging – – –«

Auf der Innenseite seiner Lider, verwittert und zerbröckelt über dem Strome, im Dunste des Morgengrauens, tauchten die Mauern von Rouen auf, in flüchtigen gebrochenen Wellen, deren Linie keine Hand, aber das Herz im Traume nachfahren kann, ein Schatten nur, aber kenntlich wie der Schatten der Mutter unter 100 Schatten.

Dort am Ufer gab es Häuser, den Abhang hinunter, unwirkliche plumpe und magere Rümpfe auf schwankenden Beinen von Pfählen, die im Sommer nackt und schamlos aus dem Sande ragten, zur Zeit des Hochwassers im Flusse standen, so daß nur die Giebel heraussahen wie die Köpfe von der Sintflut überraschter Tiere, mit bösen roten Augen über den Strom glühend.

Am nächsten Abend kamen Hilferufe aus der Niederung. Ein Fenster wurde aufgerissen, Seile herausgeworfen, mit vereinten Kräften zog man die beiden Flüchtlinge aus dem Schlamm, in dem sie bis über die Hüften steckten, und die Mauer herauf wie triefende Lumpen. Sie schliefen noch zwischen den Händen ein, man riß die Sträflingskleider von ihren bleischweren Körpern und betrachtete und drehte sie nach allen Seiten: »Das ist Chat Chat Rouge, der Herr von Bialors, aber wer ist der andre? – – – –«

Es lohnte sich, an diesem Ort aufzuwachen. Es lohnte sich, hier frei zu sein, mit ungefesselten Armen und Beinen, ohne Stricke um Hälse und Seelen. Über den Schlamm führten schmale Stege und Brücken von Tür zu Tür. Außen waren die Häuser fahl und grau, aber innen waren sie rot und blau gestrichen, außen blinkten 2, 3 Lichtchen über den Fluß, aber innen klebten die Wände voll Kerzen und von der Decke hingen die Lichter in bunten Gläsern. Und wie saß man warm und eng, Kopf an Kopf gelehnt, die Arme umeinander verschlungen, wie ein runder, heißer Körper. Hier kannte sich Chatchat aus wie unter den Siebensachen in seinen Hosentaschen – dieser Chatchat, war er nicht nackt und blutig schlafen gegangen und aufgewacht in seinen Kleidern, den Degen umgeschnallt, das Hütchen auf? Er schob den Bischof neben sich her, und während er den Arm um dessen Rücken legte – »Seht, was ich für ein Freund bin und wie sanft der andre unter meinem Arm ist!« – bog er den Kopf nach allen Seiten, neigte sich über diesen und jenen Tisch, flüsterte, und war es nicht, als ob er mit den Lichtchen aus seinen Augenwinkeln nach allen verkrüppelten und welken Händen und Füßen und Zungen und Ohren spähte und mit seinen sanften Fingern alles einsammelte? Und Jehan streckte die Arme aus, legte die Fingerspitzen an viele Schläfen und senkte die Arme wieder, wobei er sich nach Chatchat umdrehte und ihn anblinzelte. Sie bestachen sogar seinen Wirt, in der Nacht die Kammertür zu öffnen, um ihn auf seinem Lager betrachten zu dürfen. Damals fing man in den Flußhäusern von Rouen, in den Schenken und unter seinem Fenster zu pfeifen an. »Der heilige Bischof von Priepournous, tralilalilala, der heilt die Weiber für zwanzig Sous, tralilalilala.«

Als aber Chatchat eines späten Abends noch einmal auswollte, da hing sich Jehan bettelnd an ihn: »Hast du mir nicht versprochen, mich nie in Rouen allein zu lassen?« und als Chatchat ihn abschütteln wollte, ließ er sich die Treppe herunterschleifen, an Chatchats Ärmel hängend, daß er zerriß und der eitle Chatchat fluchte und umkehrte. Einmal sagte der Bischof: »Ich war ganz lange glücklich. Ihr Körper war kalt gewesen, ihr Gesicht blau, alles war vorbei. Aber seit ich hier bin, denke ich immer, wenn eine Tür aufgeht, wie wenn sie nun doch hereinkäme!« Eines Tages nahm ihn Chatchat mit. »Hör, Bischoflein, man kann mit Wasser Feuer und Blond mit Schwarz löschen. Sie heißt Catharina – – –« Sie traten ein. Die Leute sahen auf. »Setz dich, Bischof, bleib da! Trinkt!« Aber Chatchat zog ihn weiter. Unter der Treppe in einer Ecke saß ein Mädchen mit zwei drei Herren, die um ihretwillen aus der Stadt gekommen waren. Das Mädchen erhob sich und kam einen Schritt heran, wobei sie die Enden ihrer festen schwarzen Zöpfe, deren Pendeln sie störte, mit den Händen festhielt. Sie trug ein dunkles

Kleid, das nach der Mode des vergangenen Jahres, die die Künstler am Hofe eingeführt hatten, die linke Brust frei ließ. Der Bischof stützte sich auf Chatchat. Seine Kniee zitterten, und er begann auf diese Brust zu starren, als ob sie der sonderbarste Fleck auf Gottes weiter Welt wäre. In ihrem weißen Gesicht standen die Wimpern wie Wolken. Sie hatte eine wunderliche Stirn, eine gerade bleiche kranke Stirn, ja gewiß eine kranke, der Bischof sah es sogleich, als er sie weiter betrachtete, und es tat ihm weh und schnitt ihm ins Herz, dieses Kranke auf ihrer Stirn und hinter ihren Augen. Der Bischof ließ Chatchat los und ging auf sie zu, wobei er das Herz in seiner Brust dreimal ganz deutlich wie eine Glocke anschlagen hörte: »Tu es nicht. Tu es nicht. Tu es nicht.« Aber er drückte die Hand dagegen, wie man einem Hund das Maul zudrückt. Er senkte den Kopf, und Catharina nahm ihn in ihre Hände, betrachtete und wiegte ihn, wie ein loses Ding für sich, wie das abgeschlagne Haupt des Täufers, und hob ihn wieder auf die Schultern und gab ihm den Bischof zurück. Chatchat, obgleich er hinter ihr stand, biß sich auf die Lippen, denn er merkte an irgend etwas, vielleicht an einer Neigung ihres Nackens, daß er ihr gefiel. »Man hat mir gesagt, daß du kleine blinzelnde Augen und ein rundes lustiges Gesicht besäßest«, begann Catharina, »ich bin überrascht, dich zu sehen. Du schaust ganz anders aus, als man erzählt.« Aber Jehan, der den Blick auf ihren Gürtel heftete, hinter den sie eben ihre Zopfenden steckte, hörte nicht hin. »Ja, jetzt muß sich alles ändern«, dachte er, »jetzt soll alles vorbei sein, jetzt will ich ein ganz anderer Jehan werden, ein ganz anderes Gesicht, ein ganz andres Herz bekommen. Ich pfeife auf alle Chatchats der Welt, ja was war denn das nur mit mir? Ich brauche ja nur in die Hände zu klatschen und meine Stirn springt auf und alle Schatten wie ein Schwarm Vögel fliegen weg. Warum habe ich bloß nicht schon früher in die Hände geklatscht?«

Das war auch gut, allen Gram auszugießen und alle Scham auszuleeren und alles alles zurückzulassen und ganz frei und ganz nackt von dem lumpfen morschen Schiff in das Wasser abzuspringen. »Geh nie mehr zu deinem roten Gefährten. Hörst du, sprich nie mehr mit ihm. Wir werden in dieser Kammer miteinander wohnen, hörst du, und denkst du noch an die andere?« »Nein, nein, nein, mein Herz, wenn ich sie vor mir sehe, würde ich sie nicht mehr erkennen. Aber was fehlt dir – – –?« »Nichts, gar nichts. Du mußt mich ein wenig anders fassen, – So! Ich habe da eine Stelle, – ich werde es dir am Morgen zeigen, wenn es hell wird.«

Der Nebel sickerte in die Kammer, und manchmal tönte vor dem Fenster ein Ruf von Schiff zu Schiff, oder das Licht eines Bootes flatterte nur gerade die Kammer hindurch die Wände entlang über das Bett und zurück in die Nacht. Sie waren schon wieder auseinandergefallen wie die Schalen einer Frucht, schon wieder zwei Menschen geworden, zwei Gesichter, die in die Luft schauten, jedes hatte seine Glieder wieder für sich allein und sein Herz für sich allein und seinen Schlaf für sich allein.

Gegen Morgen spaltete ein gelber Streifen den Nebel. Allmählich kamen wieder all die Dinge heraus, die sich verborgen gehalten hatten, der Stuhl mit den Kleidern über der Lehne und der Schrank und Jehans verbogener Hut auf dem Nagel und auch seine breiten matten Füße, die unter der Decke hervorsahen. Catharina erhob sich leise und drehte die Zöpfe um ihren Haarpfeil, wobei sie sein Gesicht betrachtete, in dem es zuckte und manchmal bis Hals und Brust herunterlief. »Er hat einen drückenden Schlaf«, dachte sie, »es wird besser sein, ihn zu wecken«, und sie zog den Pfeil heraus und schlenkerte einen Zopf über ihn weg. Der Bischof hob den Kopf und wachte fast lächelnd auf, als ob das schöne weiche Lächeln wie ein fertiges Kleidungsstück neben seinem Bett gelegen hätte. Aber auf einmal, wie er Catharina betrachtete, die von neuem ihr Haar hochsteckte, wurden seine Augen weiter und seine Stirn runzelte sich, und Catharinas Arme fielen herunter, und in ihr Gesicht kam der traurig böse Ausdruck, wenn man im Antlitz des andern den Ekel zu erkennen glaubt, der allem ein Ende macht, das schreckliche Geschoß, das einem den Leib und das Herz im Leib in Bitterkeit zusammenzieht. Der Bischof deutete auf einen Fleck in ihrer Seite, ein sonderbares Ding, eine Art Geschwür, von beinah lächerlicher Form, einer bräunlichen Krabbe gleich, die sich mit dünnen Fühlern in den weißen Grund festgesaugt hat und von einer bösen und gemeinen Hand gerade hier hingesetzt wurde. Catharina zog ihr Tuch hoch, aber der Bischof sagte nur traurig, »Hast du mich deshalb rufen lassen?«, und Catharina beugte sich über ihn und sagte: »Ja, deshalb, aber bei Gott, jetzt nicht mehr – – –. Aber sie sagen doch alle, du kannst – – –« »Ja, ja, ja, ich kann auch. Gewiß kann ich. Aber dir kann ich es nicht, ich weiß nicht warum, bei dir kann ich es nicht, ich kann es nicht, glaube mir, ich kann es nicht, ich kann es nicht!« »Wenn nicht, dann nicht«, sagte Catharina, die bereits anfing, sich in einer Ecke anzukleiden, das Gesicht ihm abgewandt, während Jehan noch lange wiederholte:

»Ich kann nicht, ich kann wirklich nicht.« Und Catharina trat aufrecht im dunklen Kleid des vergangenen Abends aus ihrem Winkel, als ob sie gerade aus einem unbekannten fernen Land käme. Der Morgenschein hatte alles vollends kalt und hart gemacht, und nackt und armselig und schonungslos stand alles da, und der Bischof senkte den Kopf, denn er schämte sich seines Gesichtes, dessen Züge der Tag aufstöberte, wie die Risse und Sprünge in der Mauer. Aber Catharinas Antlitz konnte der Tag nichts anhaben, unbestechlich waren die süßen Schatten ihrer Wimpern, die unverrückbaren Schwünge ihrer Brauen, den Kopf geneigt, steckte sie die Ringelchen an ihre dünnen Finger, als ob es auf der Welt nichts anderes zu tun gebe.

Sooft sie in ihre Kammer hinaufgingen, mußten sie quer durch die Schenke. Die Köpfe hoben sich, die Säufer behielten einen Augenblick ihren Schluck im Mund, die Burschen ließen einen Augenblick die Brüste ihrer Mädchen los, und das Kreischen und Wimmern der Betrunkenen stockte. »Den Treppenabsatz da drüben muß ich erreichen«, dachte der Bischof, »dann ist alles gut. Aber wie werde ich bis hin kommen? Ach, Unsinn, ganz einerlei ist es, welchen Weg ich gehe. Ich habe überall den gleichen stolzen Kopf auf den Schultern.« Jetzt kommt die mit dem abgefressenen Kinn. Wie, wenn ich es nicht mehr könnte? Ich kann wirklich nicht begreifen, warum Er nicht endlich ein Ende macht. Es müßte ihm doch wenigstens irgendeine Strafe für mich einfallen. Er hat mich von meinem schönen goldnen Stuhl weggenommen und auf einen Abfallhaufen geworfen, und dann hat Er mich liegenlassen und ganz vergessen, daß Er mich da hingeworfen hat. Da hat sie ihre Kinnlade wieder. Sie soll mir die Hand nicht tupfen, ich ekle mich vor den Fingern. Ich weiß wirklich nicht, wie es zugeht. – Noch mindestens sechs Schritte bis zum Treppenabsatz! Catharina aber, – sie zog die Brauen hoch, einen Finger hatte sie lose in seine Hand gehenkt, und mit der andren Hand hielt sie die Zipfel ihres Tuches zusammen: »Wohl, ich habe eben diesen Gefährten, hier seht alle mein Gesicht, das weißeste in Rouen. Und was ich da unter meinem Tuche habe, das ist meine Sache und nicht die eure!«

Bald wußten beide, wenn sie droben ihr Kerzchen ansteckten, deuteten die Fährleute auf den Schiffen der Seine nach dem hellen Fenster und sagten untereinander: »Da wohnt der Bischof Jehan mit der schwarzen Catharina. Er war einmal ein großer Herr in Rouen. Er hat die Stola mit dem scheckigen Sträflingskittel von Antrennières vertauschen müssen, die Heilige Anna hat man einem anderen gegeben. Aber heilen kann er immer noch, das hat ihm niemand nehmen können.« Und unter ihren Füßen wurde gebrummt und gepfiffen: »Der Bischof Jehan von Priepournous, trala, der heilt die Weiber für 20 Sous, trala. Und sind sie geheilt in Gottes Dank, trala, so macht er sie von neuem krank, trala.«

Manchmal tauchte unter den Köpfen Chatchats muntres Gesicht auf und starr heftete er die blauen blanken Augen, zwischen denen die Spitze einer Feder vom Hutrand herab gegen die Stirn tippte, auf den Bischof. Und dieser, von einer unerklärlichen verzweifelten Angst ergriffen, zog die Schultern zusammen, versuchte sich ganz närrisch vor Feigheit abzuwenden und mußte doch sehn,

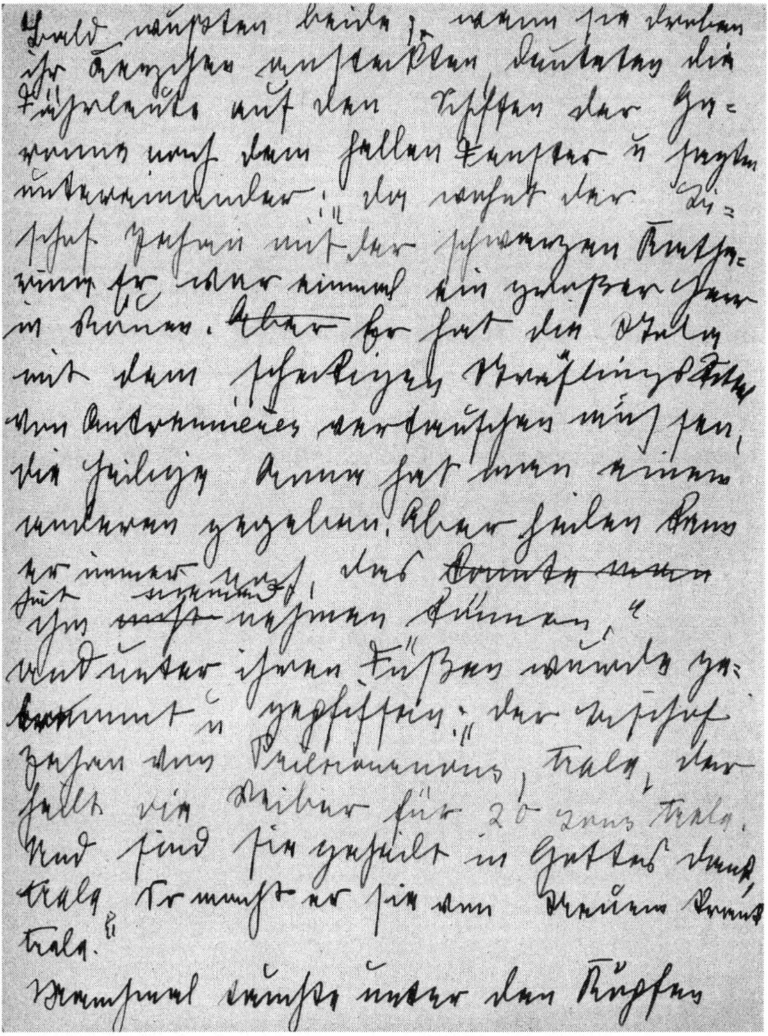
bald rauchten beide; wenn sie drüben
ihr Anzeichen wechselten, deuteten die
Fährleute auf den Schiffen der Ge-
[illegible] nach dem hellen Fenster und sagten
untereinander: da raucht der Bi-
schof [illegible] mit der schwarzen [illegible]-
zinne. [illegible] einmal ein [illegible] Herr
im Turme. ~~Aber~~ Er hat die [illegible]
mit dem [illegible] Sträflingskittel
[illegible] vertauschen müssen;
die heilige Anna hat man einem
anderen gegeben. Aber heilen kann
er immer noch, das ~~[illegible]~~ hat [illegible]
ihm ~~nicht~~ nehmen können."
Und unter ihren Füßen wurde ge-
~~[illegible]~~ getrommelt und gepfiffen: der Bischof
[illegible] [illegible], trala, der
hält die [illegible] für 20 [illegible], trala.
Und sind sie geheilt in Gottes [illegible],
trala, so macht er sie [illegible] krank,
trala."
Manchmal tauchte unter den Büschen

ob diese lustigen Augen noch immer da waren. Und Chatchat starrte und starrte, und wenn der Bischof die Treppe erreicht hatte, wurde Chatchats zierlicher Körper von heftigem lautlosen Lachen geschüttelt.

Er war wochenlang unsichtbar, aber immer da, wenn eines von ihnen allein kam. Es geschah ja jetzt oft, daß der Bischof Catharina herunterschickte, hol dies, hol das. Er wollte allein sein, daß die Gefährten von einst sein Herz zu streicheln kämen, die Gedanken, die nur kommen, wenn man allein ist. Aber die leuchtenden schillernden Gäste suchten ihn armen Bewohner der schmierigen Kammer nicht mehr auf, und er wartete schließlich auf Catharinas leichten Schritt über den Stufen.

Sie aber pflegte währenddessen drunten an einem Tisch zu sitzen, den Kopf in der Hand, es war ganz gut, statt immer eine Stimme, einen Atem zu spüren, einmal in der gestopften Stube zu sitzen und sich einzubilden, es gäbe wirklich viele viele Gefährten in der Welt. Sie hatte die linke Brust nicht mehr frei – – langsam, langsam begann das böse Tier in der Hüfte einen Fühler bis herauf zu strecken – und mit ihrem großen schwarzen Tuch hielt sie ihre sieben Schönheiten beisammen. Ringsherum hefteten sich viele Blicke auf die weißen heilen sichtbaren Stellen ihres Körpers, starre und sehnsüchtige, wie auf die glitzernden Splitter eines zerschlagenen Edelsteines. Auch Chatchat schob sich lächelnd heran, fuhr ihr über den Arm, »was für eine wunderliche süße Hand er hat«, dachte Catharina, auf das leise wehe Pochen in ihren Rippen horchend. Und Chatchat fragte behutsam: »Wie geht es euch? Wie geht es ihm? Willst du nicht, Catharina – – –?« Catharina schüttelte den Kopf. Er hatte zwar eine gute Hand, und es wäre ein Vergnügen, die Fünkchen aus seinen Augenwinkeln zu verjagen und sein unbesorgtes Gesicht von Grund aus aufzuscheuchen, aber für sie hatte es keinen Sinn mehr zu wechseln. Und Chatchat, dessen Stimme ebenso müde heiter hinstrich wie seine Finger, fuhr fort: »Was spricht er? Was treibt er? Was träumt er?« Und er machte sich langsam wieder davon, trällernd, den feinen in Samt geschnürten Oberkörper wiegend.

Nachts lag Catharina in ihren kranken Leib zusammengeknäult auf dem End des Bettes. Und Jehan – es war ja so gut, daß noch etwas Lebendiges über seinen Füßen lag, besonders wenn es dunkler und dunkler wurde, und das Feuchte von der Decke in steten Tropfen zu rieseln anfing – aber daß deshalb irgendwo in der Welt etwas Altes aufhören und etwas Neues anfangen und irgendein Atemzug oder gar das Leben verändert werden konnte, das verstand er nicht. Er beugte sich aber manchmal vor und zog ihr Hemd hoch und versuchte zitternd den braunen Fleck zu erkennen, auf den er bei Tag nie acht gab, seine Finger zuckten, er streckte die Hände aus und zog sie wieder zurück: »Ich kann nicht, ich weiß nicht warum, ich kann nicht.« Catharinas Blick schimmerte unter ihren Wimpern, aber sie hielt den Atem an und preßte die Augen wieder zu. »Das ist also sein wirkliches Gesicht, so sieht er aus. So wird er immer aussehen, wenn er allein sein wird, wenn es mit mir vorbei sein wird.« Das Pochen in der Hüfte hörte auf, jetzt war es das Mitleid, schrecklicher als alles, das sie zusammenkrümmte.

Es wurde aber noch schrecklicher, wenn der Bischof einschlief und sie sich nun ihrerseits über ihn beugte. Der Schweiß stand ihm auf der Stirn, und als ob der Gram ein lichtscheues Tier sei, das nur nachts aus der Höhle kommt und sich über seinen Herrn wirft, so waren auf einmal all seine Züge von Schmerz zerfressen. Er stöhnte darunter, und beide flache Hände stemmte er im Schlafe gegen die Luft, gegen das erdrückende Tier. Und doch wurde er zornig, wenn ihn Catharina weckte. »Darf man das, einen Schlafenden wecken? Laß mich schlafen, wenn ich müde bin.« »Aber du stöhnst ja, du seufzt ja, du weinst ja. Was hast du denn im Traum?« – »Habe ich geweint? Ich weiß von nichts.« Und schon war der Tag vollends angebrochen, der ruhige, klare Tag, und das Lächeln, etwas abgetragen, um Jehans Mund.

Aber eines Nachts warf er sich herum, daß er mit dem Kopf gegen die Wand stieß. Catharina duckte sich unter der Decke an ihn. »Hör, es ist immer dasselbe. Es ist eigentlich gar nichts. Es ist aber so dunkel wie beim Wachen, eine schwarze Wand. Und dann kommen zwei Hände. Keine Handgelenke, kein Ärmelsaum, nur Hände. Und auch nur von innen, weißt du, damit ich die Punkte besser sehe. Weißt du, das ist nämlich das Schreckliche, die Punkte. Ein kleiner roter Punkt in jeder Hand, die Haut ein wenig aufgeschlitzt und in der Mitte das Pünktchen. Das sind die richtigen Hände. Meine sind Hände für hier genug. Dumme unsinnige Hände. Ja, wenn ich die kleinen Punkte hätte – – – Hör, es ist immer dasselbe.« Und Catharina drückte seinen Kopf zwischen ihre Brüste und wiegte ihn wie ein kleines Kind hin und her, bis er wieder einschlief.

Eines Morgens sagte der Bischof: »Catharina, willst du nicht einmal mit mir nach Rouen gehen? Ich möchte gern einmal in die Stadt hineingehen!« »Wenn du willst – –«

sagte Catharina erstaunt und nahm ihr Tuch um. Es war Hochwasser, und Jehan brachte sie selbst in einem Boot ans Ufer. Sie liefen umschlungen durch die ersten Straßen, sprangen über die Pfützen, drückten sich in die Torfahrten, wo bei jedem neuen Regenschutt das Volk sich staute. Auf einmal, in Regen und Nässe, schickten die Morgenglocken ihre hohen und tiefen Rufe unbekümmert in die Trübnis, und ein Leben lief durch die Stadt, durch die Mauern und sogar durch die Menschen. Jehan riß Catharina mit sich, welche bei jedem Sprung leise aufstöhnte. Sie rannten durch Gassen und Gäßchen, schon tauchte zwischen den Dächern ein Gipfel dieses tönenden Gebirges auf, aber Jehan achtete nicht auf den Weg, er hatte sogar die Augen zu, er lief nur der einen Glocke nach.

Sie hatten den freien Platz erreicht, da hörte das Läuten auf. Jehan stutzte, jetzt sah er auf, er legte den Kopf zurück und maß den unermeßlichen Aufstieg, aber ohne Stimme war es nur ein ungeheurer drückender grauer Haufen. Was hatte er denn geglaubt? Hatte er erwartet, die Türen würden sich von selber öffnen und die Orgel zu tönen beginnen? Hatte er erwartet, die steinernen Figuren, die zu beiden Seiten des Turms eine über der andren hinaufkletterten, würden um seinetwillen ihre Plätze verlassen? Der Regen schlug ihm ins Gesicht, und der Wind bauschte seine Ärmel und das Tuch Catharinas, die sich fröstelnd an ihn drückte, und er wußte nicht mehr, was er hier gesucht hatte. Er trat ein, auf der Treppe hockten noch ein paar Bettler und Krüppel, die schon zu seinen Zeiten dagewesen waren, aber im Innern der Kirche war die Kälte so dumpf und böse, daß einem der Atem erstarrte. Er sah sich verwirrt um, wußte nicht recht, was anfangen, verbeugte sich schließlich verlegen vor dem nächsten Bild und lief hinaus, so schnell, daß Catharina, die ein wenig die Kapellen entlang gegangen war, kaum folgen konnte.

Dann aber kehrten sie langsam eins neben dem andren um, der Wind hatte den Regen vertrieben. Der Tag ließ sich klarer an, und auch in die Menschen war etwas Heitres gefahren. Wie sie so ihr Weg durch das strömende Volk hindurchführte, sahen sie sich heimlich eines das andre alle 10 Schritte von der Seite an, jedes mit dem gleichen Gedanken. Catharinas Lider zuckten. Es kamen doch aller Art Leute vorüber, Arme und Reiche, Fette und Magere, genug armes Bettelvolk gab es in Rouen, warum sah ihr Gefährte, ihr armer Gefährte ganz anders aus, als die andren? Ach, nicht nur seine schmierige Jacke und seine abgetretenen Schuhe, auch seine Hände und sein Gesicht hatten auf einmal hier in den Straßen von Rouen so etwas Verschlissenes und Abgenutztes. Und sie selber, – gewiß, manche Blicke blieben an ihrem weißen Gesicht, ihren feinen Hüften, ihren leichten Füßen hängen, aber sie spürte ganz genau, ihr schönes schwarzes Tuch war gar nicht das rechte Tuch, und ihre Haut war in Rouen nicht die rechte Haut, und das Klopfen in der Seite, abgesehen davon, daß es nach dem langen Weg kaum mehr zu ertragen war – draußen in der Kammer auf dem Fluß war es beinah etwas gewesen, um damit zu prahlen, – aber hier, wo alle Weiber so gesund und rot ausschauten und so lebendig taten, machte es einem fast das Herz bitter. Nein, es war nicht wahr, daß überall die gleiche Sonne scheint. Da draußen auf dem Fluß waren ihre

Kleider gar nicht so abgeschabt und ihre Lippen gar nicht so weiß gewesen, und manchmal hatten sie beide sogar etwas Besonderes, etwas Glänzendes an sich gehabt. Ihre Blicke fingen einander auf, sie senkten die Köpfe, dann drückten sie sich ineinander, und die Schande war fast eine Lust.

Sie kamen ans Ufer, und da war wieder der graue Strom und die Heimat, die gut zu einem ist, ob man nun weiß oder schmutzig ankommt. Und Catharina brauchte sich nicht mehr aufrecht zu halten, sie konnte in sich zusammenfallen und sich krümmen in dem Boot, in das Jehan sie getragen hatte. Er wollte gerade einsteigen, als er hinter sich seinen Namen hörte. »Das ist einer von den Bettlern, Jehan, die auf der Treppe von St. Anna gesessen haben – er ist uns nachgegangen, ich glaubte zufällig, aber jetzt ruft er dich.« Jehan drehte sich um. Der Alte hatte sich die Brüstung entlang den Steg hinaufgetastet, denn seine Augen waren mit einer grünlichen Haut überzogen. »Bischof«, sagte er, »vor drei Jahren hast du mir geholfen, aber kürzlich ist es wiedergekommen. Seitdem sitze ich jeden Tag vor St. Anna und warte auf dich. Aber dieses Jahr liest du selten die Messe. Heut endlich hab ich gleich gemerkt, eben kommt er!« Jehan legte seine Hände an, dann, als es geschehen war, fielen sie herunter, er sprang ohne sich umzusehen ins Boot, ruderte in ein paar zornigen Stößen hinüber und trug Catharina – sie war leicht und locker wie ein Strohwisch – in die Kammer hinauf. »Bring mich ans Fenster«, bat Catharina leise, und den dünnen Arm um seinen Hals gehängt, schaute sie auf das schwere graue geliebte Wasser. Der Bischof betrachtete sie von der Seite, und jetzt auf einmal zum ersten Male bemerkte er deutlich, daß ihr Gesicht eigentlich gar kein Gesicht mehr war, nur noch ein paar lose zusammengeklebte Züge, die jeden Augenblick zerschmelzen konnten, und daß, was er im Arm hielt, auch nur irgendeine Flocke war, gar nicht mehr wert, mit Kleidern und Tüchern aufgeziert und auf zwei Füße gestellt zu werden. Er schrie auf, schüttelte sie hin und her und jammerte, »Habt Ihr mir nicht versprochen, mich nicht in Rouen allein zu lassen?« Catharina betrachtete ihn, stellte sich gerade, breitete die Arme aus, machte zwei schöne Schritte auf ihn zu und sagte lächelnd: »Es ist nicht so schlimm, es ist nicht so schlimm! Es wird vorübergehn, sei ruhig. Komm, leg dich schlafen, sie zünden schon die Nebellichter an.« Und sie warf sich selbst hin, rollte sich zusammen, ihre Wimpern zuckten noch ein paarmal, dann war ihr Atem so tief und fest, daß auch Jehan ruhiger wurde. Er hörte noch die Schiffer blasen, Tropfen fallen, dann sank er langsam in immer tiefere Gewölbe des Schlafes, zwei Stunden lag er ruhig, dann wurde die gute Dunkelheit von Bildfetzen aufgestört, er fürchtete sich davor und strengte sich doch an, sie zu erkennen, er wimmerte, und aus seinem Wimmern wurde Gestöhn, und dann riß er auf, und das Grauen konnte sich in jeder Zelle seines Leibes einnisten. Als er aufwachte, war er ganz kalt und feucht, er konnte sich zuerst auf nichts besinnen, und dann hatte er auch nur den Gedanken, als ob sich in dieser Nacht irgend etwas Besonderes, Unbegreifliches zugetragen hätte. Es kam ihm auch vor, als ob an ihm selbst etwas verändert wäre, ja er spürte sogar irgendwo einen heftigen Schmerz. Er wollte die Hände heben, sie fielen lahm herunter, er sah sie an, stutzte, auf den Innenseiten genau in der Mitte saßen winzige Tropfen, wie kleine rote Wachsperlchen. Er leckte sie ab, frische Perlchen quillten auf. Er stieg vorsichtig aus dem Bett, machte die Tür leise auf und zu, stieg die Treppe herunter, ging durch die leere Schenke auf den Steg, da lag noch das Boot, mit dem sie gestern aus Rouen gekommen waren. Er ruderte ans Ufer. Es war ein unbekannter Fluß, ein unbekanntes Haus, fremde Menschen darin, weder das Haus noch seine Bewohner gab es in Wirklichkeit, solche Gesichter fallen einem nur im Schlaf ein.

Er saß schon in der Frühe unter den übrigen Bettlern auf der Treppe von St. Anna, und da blieb er auch von nun an. Er war bald ganz verwittert, sah genauso aus wie die übrigen Krüppel und Bettler, die jeden Augenblick in 1000 Fetzen über die steinernen Stufen zu verwehen schienen. Er verbarg ängstlich seine Hände, aber er selbst betrachtete sie öfters heimlich, spreizte sogar die Finger, um den Riß spannen zu fühlen und ein frisches Tröpfchen aufsteigen zu sehen. Wenn die Glocken über ihm zu schwingen begannen, weinte er. Die Tiere und Engel über der Wölbung führten jede Stunde andre Gespräche, hatten jeden Morgen ein andres Aussehen. In die Kirche wagte er nicht einzutreten, aber es war schon genug, wenn die Tür ein wenig geöffnet wurde und er erspähte ein Stückchen glühender Dunkelheit oder an Festtagen einen Türrahmen Herrlichkeit. Wenn aber an Festtagen der Bischof mit seinem Zuge an ihm vorüberkam, wußte er sich vor Jubel kaum zu fassen, wenn dieser Bischof, der einst sein Nachfolger geworden war, in Gold und Purpur, schwer und beladen, an ihm, Jehan d'Aigremont, vorüberging, der nicht mehr war als ein in ein paar Spinnweben gewickeltes Herz.

Einmal vor einem Festspiel bemerkte Jehan unter dem einströmenden Volk von hinten einen auffallend mageren, farbig gekleideten, im Gehen wippenden Menschen, der ihn an irgend etwas erinnerte. Er wartete, bis er beim Verlassen der Kirche ihn von vorn sehn konnte. Und wirklich, es war ein dünner, überdies eingeschnürter Bursche Chatchat, Jahrzehnte hatte er ihn nicht gesehen, denn obgleich er einen Federhut trug und Haar und Lippen gefärbt hatte, in seinem Greisengesicht war der Mund zahnlos. Seine schrecklichen stumpfen blauen Augen hefteten sich auf Jehan, auf einmal blinkte in den Winkeln die kleinen Flämmchen. Er hatte ihn auch seinerseits erkannt. Jehan spürte einen dumpfen Gram, und auch über Chatchat huschte, wenn er sich auch nicht grämte – so doch der Schatten eines Grames. Jehan erhob sich, indem er sich an Chatchats Arm hochzog, und dieser legte den Arm um seinen Rücken, er hatte noch immer eine sanfte Geste, es war noch immer gut, Chatchats Arm auf dem Rücken zu spüren. »Willst du mich hinbringen? Ich möchte gerne noch einmal das Haus wiedersehen?«, und sie wanderten miteinander an den Fluß quer durch Rouen, und die Leute wunderten sich, wie der bunte Herr diesen Bündel Bettler nachschleifte.

Sie kamen an den Steg, Jehan sah hinüber, beklommen, mißtrauisch, »Was ist aus Catharina geworden?« fragte er, während die Ruder müde das Wasser schlugen. »Was soll aus ihr geworden sein?« brummte Chatchat, »da hast du nichts mehr versäumt. Kurz nachdem du weg warst, hat man ihren Körper aus dem Fenster in die Seine werfen müssen. Warum fährst du zusammen, dir, Bischoflein, muß es doch einerlei sein, was mit einem Körper geschieht, ein

Handschuh oder ein Stückchen morschen Fleisches.« Sie traten ein, noch immer waren die Wände wunderlich blau und rot gestrichen, und die Lichter hingen in bunten Gläsern, und so voll war's, daß die Gesichter im Dunst baumelten. Jehan hielt sich fester, aber Chatchat lächelte und nickte nach allen Seiten. Sie kamen in die Mitte, da war der Treppenabsatz, und nun blieben beide stehen und starrten auf den leeren Tisch, in die dunkle Ecke, und Catharina erhob sich, die linke Brust frei. Sie hatten sich losgelassen, Jehan hing jetzt an einer Lehne, und sie sahen in dies Loch voll Haß und Kummer. Schließlich regte sich Chatchat, und ganz verzerrt vor Eifersucht stieß er den Bischof fast zornig in den nächsten Stuhl. »Dir ist es ja all die Jahre ganz gut gegangen«, sagte er, »und weißt du auch, daß du das eigentlich uns verdankst, ihr und mir, auch deine Hände?« »Ich verstehe dich nicht«, murmelte Jehan erschrocken, und er versuchte wegzusehn von Chatchats schrecklichen Augen, in denen die Punkte kleine Nadelspitzen wurden. »Jaa«, sagte Chatchat gedehnt, »ich habe ihr den Rat gegeben, um die Wahrheit zu sagen, freilich bloß, um dich aus diesem Bett wegzubringen. Sie hatte freilich ihre eigenen Gedanken dabei, wie sie schon die Weiber haben, süße kleine Gedanken.« »Was für einen Rat denn?« »Freilich, wenn ich gewußt hätte, daß es so mit ihr steht! Wir, die wir keine Heiligen sind, können uns nicht erlauben, mit den Aussätzigen zu schlafen. Sie aber hat mir noch selbst gesagt: Damit du noch vorher aus dem Hause kämst, damit du in Frieden leben könntest – –« »Was für einen Rat denn, Chatchat –?« »Hat sie dir mit ihrem Pfeil – erinnerst du dich noch an ihren Pfeil? – während der Nacht, während du deinen Traum hattest – in die Hände gestochen!« Und Chat Chat tippte den Bischof auf den Hinterkopf, schlenderte weiter und setzte sich schließlich, indem er sogleich laut und heftig auf seine Nachbarn einzureden begann. Jehan legte den Kopf in die Arme. Er meinte, irgend jemand müßte jetzt kommen, sein Gesicht an sich zu drücken, es zu verbergen, daß niemand mehr hereinsehn durfte. Aber niemand kam, und er drückte das Gesicht gegen die schmierige Tischplatte, drückte es fest fest herein.

Chatchat trank. Er öffnete sich den Kragen, sein hagerer Hals reckte sich, er drehte sich um, deutete nach dem Bischof, die andren drehten sich auch um, und Chatchat, ein wenig beschämt, um darüber herauszukommen, fing an: Der Bischof Jehan von Priepournous trala, es gab nur noch ein paar alte Gefährten, und die andren summten nur ebenso mit, und bald sang man andre Sachen.

Zwischendurch, auf einmal, wie ein Federball, dessen Sprungfeder gerissen ist, schnurrte Jehans Kopf hoch, fiel wieder zurück auf das linke Ohr, so daß sein Gesicht in die Luft schaute, für jedermann sichtbar, nackt und schamlos, mit allem, was darin stand. Gott hatte seine Seele aufgenommen in das Ewige Leben.

Anhang

Anmerkungen zum Tagebuch

15. 11. 1924

Rodi – So nannte Netty Reiling (Mädchenname von Anna Seghers; im folgenden NR) László Radványi (1900–1978; im folgenden LR), ihren zukünftigen Mann, einen gebürtigen Ungarn. Er hatte als einer der Jüngsten, der »Knaben«, zum Sonntagskreis um Georg Lukács gehört und nach der Niederschlagung der ungarischen Räterepublik zunächst in Wien und dann in Heidelberg studiert. Hier lernte ihn NR kennen. Nachdem er bereits 1923 promoviert hatte, lebte er 1924 – bis Dezember – wieder in Heidelberg, in der Pension Rolanda. Er suchte eine Anstellung, um NR heiraten zu können, wobei sie ihm helfen wollte.

Reise u Festvorbereitungen – Für die im folgenden beschriebene Reise nach Paris, vermutlich ein Promotions- und Geburtstagsgeschenk der Eltern (Promotion am 4. 11. 1924, Geburtstag am 19. 11. 1900).

Tschibben – LR nannte sie »Tschibi« (ungarisch für Küken), ein Name, der ihr ein Leben lang blieb, auch ihre Kinder und ihre engsten Freunde riefen sie so. Er selbst war der »Tschibok«, wie sie ihn damals manchmal nannte, und stellte sich in Zeichnungen aus der Studienzeit ebenfalls als – größeres – Küken dar, daher »Tschibben« für sie beide.

16. 11. 1924

Die Reue des Bischofs von Priepournous – Die in diesem Band erstmals veröffentlichte Erzählung *Die Legende von der Reue des Bischofs Jehan d'Aigremont von St. Anne in Rouen.*

Priepournous – (franz.) Bittfürung.

»Erziehung z. Christent.« – Wohl *Einübung im Christentum* von Sören Kierkegaard (1813–1855).

17. 11. 1924

Eltern – Vater: Isidor Reiling (1867–1940), Mutter: Hedwig Reiling (geb. Fuld, 1880–1942).

19. 11. 1924

Rembr. Barmherz. Samariter – Rembrandt van Rijn, niederl. Maler (1606–1669). Er nahm das Motiv vom »Barmherzigen Samariter« wiederholt auf. NR könnte die Federzeichnung von 1630, die sich im Louvre befindet, meinen. Sie hatte ihre Dissertation über *Jude und Judentum im Werke Rembrandts* geschrieben und war besonders an biblischen Motiven aus dem Neuen Testament interessiert.

Romanisch; karol. Bronze – Romanisch; karolingische Bronze. Als Studentin hatte sich NR auch mit Gräbern und Grabskulpturen aus dem frühen Mittelalter beschäftigt.

21. 11. 1924

Garten des Cluny mit den großen Tieren – Bezieht sich vermutlich auf die im Musée de Cluny befindlichen berühmten südniederländischen Wandtapeten mit Tierdarstellungen, z. B. »Dame mit dem Einhorn«.

25. 11. 1924
Katherinette-Fest – Das Katherinette-Fest wird zu Ehren von St. Catherine an diesem Tag gefeiert. Frauen, die mit 25 Jahren noch nicht verheiratet sind, tragen besondere Hüte.

26. 11. 1924
Kinno Gaumont auf dem Mont Martre, (Nara-Mousche) – NR schreibt Kinno. Worauf sie sich mit »Nara-Mousche« bezieht, konnte nicht ermittelt werden; einen entsprechenden Filmtitel aus der Zeit scheint es nicht zu geben.

29. 11. 1924
Lotte Mar. – Lotte Marianne Wittekind, Schulfreundin von NR, die sie von der Privatschule (bei Elsa Goertz) bis zum Abitur begleitete und von deren späterem Schicksal etwas in die Figur der Marianne im *Ausflug der toten Mädchen* einging.
Ria – Ria Denk, ebenfalls eine gute Schulfreundin, die während der Nazizeit Selbstmord beging und der Anna Seghers im *Ausflug der toten Mädchen* in der Figur Gerdas ein Denkmal setzte.

30. 11. 1924
Otti Wolters – NR gab ihr Englischunterricht.

2. 12. 1924
Kinderlesehalle – Einrichtung einer »Christlich-sozialen Arbeitsgemeinschaft« in Mainz, an der sich NR in dieser Zeit regelmäßig als freiwillige Helferin mit Vorlesen und Erzählen beteiligte.

3. 12. 1924

Clems Geburtstag – 50. Geburtstag von Clementine Cramer (geb. Fuld, 1874–1962), der ältesten Schwester von Hedwig Reiling. War verheiratet mit David Cramer, einem wohlhabenden, im Hopfenhandel und im Brauereigewerbe tätigen Mann, und Mutter von NRs Lieblingscousin Sally David Cramer. Clem wohnte in Frankfurt (Fellnerstr. 7), war literarisch interessiert und in der Sozialfürsorge für Frauen und Mädchen jüdischer Herkunft aktiv. Sie spielte im kulturellen Leben Frankfurts und auch in dem von NR (und Anna Seghers) eine nicht unbedeutende Rolle.

Geck – Nicht ermittelt.

Harry u Addi – Harry Fuld (1879–1932), Bruder von Hedwig Reiling. Seine zweite Frau Ida Maria (1884–1975) wurde in der Familie auch Addi (Adi) genannt.

4. 12. 1924

Flora – Flora Offenstadt (verh. Durlacher, 1895–1982), eine Cousine von NR und die Tochter von Minna Offenstadt/Reuß (1875–1944), einer weiteren Schwester von Hedwig Reiling.

bleluköje – Die einzelnen Buchstaben sind leserlich, auf welche Geschichte sie sich beziehen, konnte nicht ermittelt werden.

5. 12. 1924

Liesel – NR hatte zwei ehemalige Mitschülerinnen mit Namen Elisabeth: Elisabeth Stimbert (verh. Usinger), die sich allerdings in späteren Briefen Elli nannte, und Elisabeth Mayer (verh. Gebhardt); beide hatten schon die Privatschule mit ihr besucht. Mit Elisabeth Stimbert-Usinger war Seghers nach dem Zweiten Weltkrieg noch in Kontakt und besuchte sie zumindest einmal auf dem Weingut ihrer Familie.

7. 12. 1924
(nachgetr.) – NR machte offensichtlich bei verschiedenen Daten erst später Eintragungen, die sie aber mit Hinzufügungen wie »nachgetr.« oder »Nachtrag« und diversen entsprechenden Abkürzungen kennzeichnete.

8. 12. 1924
Kerr – Alfred Kerr (1867–1948), bedeutender Theaterkritiker und Publizist, zu dem NR über ihre Tante Clem und deren Freund, den Schriftsteller Hermann Wendel (1884–1963), Kontakt hatte. Er schrieb zwischen 1919 und 1933 für die *Frankfurter Zeitung.* In der Weihnachtssondernummer dieser Zeitung (genau: der *Frankfurter Zeitung und Handelsblatt*) von 1924 sollte in Kürze NRs erste Veröffentlichung, *Die Toten auf der Insel Djal*, unter dem Namen Antje Seghers erscheinen. Was sie mit der »halbschlechten Nachricht« meint, läßt sich nicht sagen. Möglicherweise hatte NR noch anderes geschickt und sich weitere Veröffentlichung erhofft, oder Kerrs Kritik war nicht so positiv ausgefallen, wie sie es sich gewünscht hatte. Interessanterweise wird die Veröffentlichung selbst im Tagebuch nicht erwähnt. In einem Brief an LR aus der Zeit spricht NR jedoch von dem Geld, das sie von der *Frankfurter Zeitung* erhalten habe und das sie für Russisch-Stunden und für ihren Reisefonds verwenden will.
Kinderg. – Die Kinderlesehalle.

9. 12. 1924

H. Simon – Vermutlich Heinrich Simon, faktischer Leiter der *Frankfurter Zeitung*. NR setzte ihre Familienbeziehungen ein, um für LR eine Anstellung in Frankfurt zu finden, allerdings ohne Erfolg.

10. 12. 1924

Rodis Geburtstag – Am 13. Dezember.
Helen – Freundin, Familienname nicht ermittelt.

11. 12. 1924

Lili – Später erwähnt NR Lili Fischer, vermutlich handelt es sich um diese Freundin. Sie hatte auch eine Cousine, Lilly Cramer (verh. Drey, 1894–1966). Außerdem hieß ihre zukünftige Schwägerin Lili (Lily) Radványi (verh. Szondi), von einem Besuch ihrerseits ist in den Briefen aber erst anläßlich der Hochzeit die Rede.

12. 12. 1924

in Darmst. b. Haynols – Freunde von NR und LR.
der Rod will in 14 Tagen nach B. – LR hatte sich entschlossen, nach Berlin zu gehen, wo sich bereits andere ungarische Emigranten und ehemalige Mitglieder des Sonntagskreises befanden, und sich da um eine Anstellung zu bemühen. Er trat, seinen eigenen Angaben nach, 1924 der KPD bei, wovon aber im Tagebuch nicht die Rede ist.

14. 12. 1924

Mannh. – Der Soziologe Karl Mannheim (1893–1944) und seine Frau, die Psychologin Julia Láng, hatten ebenfalls zum Sonntagskreis um Lukács gehört. Zur Zeit arbeitete er an seiner Habilitation in Heidelberg, die ihm 1926 mit Unterstützung des Nationalökonomen Emil Lederer gegen starken Widerstand an der Universität gelang. Seine Entwicklung und NRs Kritik gingen in die Figur des Steiner in Seghers' Roman *Die Gefährten* ein. Damals überwog aber noch das Gefühl der Gemeinsamkeit.

15. 12. 1924
Michael Engel – Nicht ermittelt.
Irene – Irene With (1890–1966), eine Freundin aus NRs Studienzeit am Kölner Ostasiatischen Museum. Irene war mit dem Kunsthistoriker Karl With verheiratet, emigrierte unter den Nazis nach Holland und blieb ihr Leben lang mit Seghers in freundschaftlicher Verbindung.

18. 12. 1924
daß m. Simon nichts – Die Hoffnung auf eine Anstellung für LR über Heinrich Simon erfüllte sich offensichtlich nicht.

21. 12. 1924
Anni G. – Nicht ermittelt.
Grume – Grume oder Grumin (31. 12. 1924), nicht ermittelt. Sie war offensichtlich eine Frau, die NR respektierte. Es kann sich aber nicht um eine Großmutter von NR handeln, da die Großmutter väterlicherseits schon 1892 und die Großmutter mütterlicherseits 1922 gestorben waren.
und Sim. war unrichtig – Die Bemühungen, über Heinrich Simon eine Stelle für LR zu bekommen.

22. 12. 1924
Soll ich um Geld Schlechtes schreiben? – Die Frage, ob sie schreiben sollte, um etwas Geld zu verdienen, oder unabhängig davon und nur das, was sie wollte und für richtig hielt, beschäftigte NR damals. Sie stellte sie auch LR und entschied sich für letzteres, aber nicht ohne immer wieder nach Veröffentlichungsmöglichkeiten Ausschau zu halten. Sie bat auch LR, in Berlin bei seinen Bekannten über ihre Arbeit zu reden, und dachte an den Malik-Verlag, besonders für den »Aufruhr« (s. unter 2. 1. 1925).

24. 12. 1924
Agnes – Familienname nicht ermittelt. Freundin, in erster Linie von LR. Ein Bildband *Deutsche Burgen und feste Schlösser*, mit einer Widmung für »Wlass [LR] Zur Erinnerung an unsere Fahrten 1924 […] Zum Abschied am 31. Dezember 1924« ist mit »Agnes« unterschrieben und befindet sich unter den Büchern in der Anna-Seghers-Gedenkstätte der Stiftung Archiv der Akademie der Künste, Berlin.

25. 12. 1924
Pflaum – Nicht ermittelt, vermutl. ein Verehrer von NR.

27. 12. 1924
Nelli – Nicht ermittelt. Möglicherweise eine Cousine der Mutter: Nelly Goldschmidt (verh. Guttmann).

2. 1. 1925
Der Aufruhr bricht aus im Bergwerk von Gassanagyi – NR verwendet auch die Form »Gassa Nagyi«. Sie arbeitet zur

Zeit intensiv an dieser Erzählung, die bisher aber nicht gefunden wurde. Möglicherweise handelt es sich dabei um eine Vorform zum *Aufstand der Fischer von St. Barbara* (1928), den sie aber dann in ein ganz anderes, ihrer Einbildungskraft damals näherstehendes Milieu verlegt haben müßte. Bei Gassa mag NR an die damals noch von Ungarn beanspruchte Stadt Kassa (slowakisch Košice) im Braunkohlengebiet der Karpaten gedacht haben. Hier bestand vom 16. 6 bis 7. 7. 1919 eine von Parteiagitatoren und Arbeitern aus Budapest unterstützte Räterepublik, die in Kassa ihren Kern hatte. »Nagy« (ungarisch) entspricht im Deutschen »groß«. (Vgl. dazu die genaueren Erklärungen von Helen Fehervary in ihrem Kommentar zu *Der Aufstand der Fischer von St. Barbara*, Anna Seghers. Werkausgabe, 2002, u. a. S. 128.) Seghers kehrte zu dieser Ecke der Karpaten in *Die Bauern von Hruschowo* (1930) zurück, und auch die Idee von einem Bergwerk als Schauplatz blieb erhalten und kam später, in dem Roman *Die Rettung*, zum Tragen. NR spricht im Tagebuch von ihrer Geschichte als einem »Revolutionsmythos«, und in einem Brief an LR meint sie dazu: »es ist jetzt in meinen Augen fast ein Revolutionsmärchen, etwas was es noch garnicht gibt.«
der Graf von Salvani – Von diesem Titel ist sonst nirgends mehr die Rede.
über Ady – Endre Ady (1877–1919), ungarischer Dichter, den LR sehr schätzte. Auch dieses Projekt findet keine weitere Erwähnung mehr.
d. Roman weiter schreiben! – Von einem Roman ist auch weiterhin die Rede. Es könnte sich dabei um eine Frühfassung von Seghers' erstem Roman *Die Gefährten* (1932) handeln.

5. 1. 1925
»Herz« – Bezieht sich auf das Buch *Herz* (*Cuore*, 1886) des italienischen Schriftstellers Edmondo de Amici (1846–1908), das sehr erfolgreich war und ein Schuljahr in Form eines Tagebuches darstellt. Seghers schenkte das Buch später auch ihrem Sohn.

6. 1. 1925
bin aber besorgt wegen R. Stelle – NRs Sorgen waren zumindest zweifacher Art: Sie wünschte dringend, daß er eine Stelle finden möge, wollte aber wegen ihres Vaters und dessen Zustimmung zur im Mai geplanten Verlobung und der darauf folgenden Heirat, daß LR mit seinen ungarischen und kommunistischen Freunden in Berlin bis dahin vorsichtig sei, auch bei Versammlungen, und daß er nach Möglichkeit die Sowjetische Handelsgesellschaft als Arbeitgeber vermeiden solle. In den Monaten vor seiner Abreise nach Berlin und auch danach redete sie ihm trotz der eigenen Bangnis immer wieder Mut zu und nötigte ihn zum Schreiben von Artikeln und zu Übersetzungen.

7. 1. 1925
Flora – Flora Reiling (geb. Rosenthal, 1869–1943), Ehefrau von Hermann Reiling, dem Bruder von Isidor Reiling und Seniorpartner der Firma David Reiling.
Kogan – Genauer Name nicht ermittelt, offensichtlich ein Freund von NR (s. unter 11. 1. 1925).

9. 1. 1925
Kaki – Karl With (?).

10. 1. 1925
Bilderbuch – Es handelt sich um eine Version von *Ali Baba und die vierzig Räuber*, mit Diorama, ausziehbar, das in der Anna-Seghers-Gedenkstätte (Sign. 62) erhalten und in NRs Handschrift mit »Der Tiffelbücher 1. Folge« und der Jahreszahl 1925 beschriftet ist.

12. 1. 1925
Stellungstelegr. – LR hatte eine Stellung gefunden, allerdings bei der Handelsgesellschaft. Davon, daß er sie vermeiden sollte, ist in den Briefen aus dieser Zeit nun nicht mehr die Rede, wohl aber bald von Klagen seinerseits, daß er nicht zur »Eigenarbeit« – intellektueller/wissenschaftlicher – komme. Sie tröstet ihn und redet ihm gut zu, es sei ja nicht auf Dauer, auch andere müßten abends ihre eigentliche Arbeit machen. Wenn sie erst zusammen seien, würden sie ihr gemeinsames Leben schon regeln.

15. 1. 1925
Politik und Regier. macht mich aus mehr als ein. Grund niedergedrückt und angstvoll – NR bezog sich wohl auf die Hetze politisch rechter Kreise, die in den letzten Jahren von Eberts Regierung zunahm, und machte sich Sorgen, daß LR dadurch in Schwierigkeiten kommen könnte (s. unter 6. 1.) und daß Verlobung und Heirat dann gefährdet sein würden.

16. 1. 1925
Vasantasena – Schauspiel in 3 Akten (1924) von Lion Feuchtwanger (1884–1958) nach dem klassischen Sanskrit-Stück »Mrichchakatika« von Shudraka, dessen Heldin Vasanta-

sena ist, eine schöne und wohlhabende Tänzerin, und das vom Aufstand gegen einen korrupten König handelt.

21. 1. 1925
Erste russ. Stunde – NR begann regelmäßig bei einem Russen Unterricht zu nehmen. Sie spricht von einem Mann, hatte aber nach Angaben von Pierre Radvanyi, ihrem Sohn, auch bei einer Frau, vermutlich schon vorher, Russisch gelernt. Es war ein Projekt, das Seghers später wiederholt aufnahm. Noch in der DDR nahm sie Russischunterricht.

28. 2. 1925
Ebert gestorben – Friedrich Ebert (1871–1925), deutscher Reichspräsident, starb am 28. 2. 1925 und wurde in Heidelberg beerdigt.
Rabinowitsch. Herrenhofsage – Möglicherweise handelt es sich um einen Stoff, der in die Erzählung *Grubetsch* einging.

1. 3. 1925
Milli W. – Nicht ermittelt.

3. 3. 1925
1925 – NR schreibt 1926. Sie war mit Daten hier und auch sonst nicht sehr genau.
Eva –Nicht ermittelt.

23. 3. 1925
Montag 23 März – NR schreibt 24, irrte sich aber im Datum: Montag war der 23. 3.

Mittwoch [25. 3. 1925]
Schaeffers – Philipp Schaeffer (1894–1943), neben LR der wichtigste Mann, den NR in ihrer Heidelberger Studienzeit kennengelernt hatte. Er lebte zu der Zeit mit seiner zweiten Frau in Berlin und hatte als Bibliothekar Anstellung gefunden. Im selben Jahr wie NR (1928) trat er der KPD bei, leistete in der NS-Zeit Widerstand und wurde am 13. Mai 1943 im Zusammenhang mit den Prozessen um Schulze-Boysen und Harnack hingerichtet. Als Seghers 1947 aus dem Exil zurückkehrte und von seinem Ende erfuhr, war sie sehr betroffen. 1975 schrieb sie einen kurzen Text: »Erinnerungen an Philipp Schaeffer«.

Donnerstag [26. 3. 1925]
wegen meinem Vater – Sehr wahrscheinlich war NR mit ihrem Vater nach Berlin gekommen, zumindest hatte sie LR von der Möglichkeit, daß der Vater sie mitnehmen würde, geschrieben und überlegt, ob sie mitkommen sollte. Der Vater war alles andere als begeistert von seinem zukünftigen Schwiegersohn.

7. 4. 1925
»Raptinis Gelosch« – Nicht ganz klar leserlich, offensichtlich eine Geschichte, an der NR arbeitete, die aber sonst nicht erwähnt wird.

29. 4. 1925
Königstein – Königstein im Taunus, wohin die Familie gern zur Erholung ging.

4. 5. 1925
Verlobung – Die offizielleVerlobung war für NR wichtig, da sie die endgültge Zustimmung der Eltern, vor allem des Vaters, zur Heirat bedeutete.

9. u. 10. 5. 1925
Lilo – Es könnte sich um NRs Cousine Lilo, eine zweite Tochter ihrer Tante Minna aus zweiter Ehe (mit Ladislaus Polakovitz), handeln (s. unter 4. 12. 1924).

13. 5. 1925
Freude auf Hochzeit – Die Hochzeit fand am 10. August 1925 statt. Sie wurde offensichtlich mit größerem Aufwand vorbereitet, es wurden Anzeigen, auch an LRs Verwandtschaft, verschickt. NR bestand darauf, daß seine Mutter rechtzeitig von den Plänen des Paares erfuhr – vom Vater ist in den Briefen nur selten die Rede – und anwesend sein sollte, was auch geschah.
Arbeit – NR befand sich in einer besonders produktiven Phase, LR gegenüber nennt sie in Briefen ebenfalls die Projekte »Albatros« und »Bucklich Braut«. Genaueres, wie auch über »Johann Sebald steckt seine Lampe an«, ließ sich jedoch nicht finden.

26. 5. 1925
Donnerst. 26. Mai. – Der 26. Mai war ein Dienstag, der 28. ein Donnerstag. Ob sich NR im Datum oder im Tag irrte, läßt sich nicht sagen. Daß es sich um ein anderes Jahr handelt, ist ausgeschlossen, da NR auch in einem Brief an LR vom 19. 7. 1925 von ihrer Geschichte *Jans muß sterben* spricht: einer »sehr einfachen« Geschichte, einer »Kinder-

geschichte«, »die aber eigentlich schön werden muß, denn ihr Gedanke ist ein einfacher Gedanke, den ich lieb habe«. (Erstveröffentlichung von *Jans muß sterben* nach einem von Pierre Radvaniyi aufgefundenen Typoskript Aufbau-Verlag 2000).

Zu weiteren Informationen aus dieser Zeit s. Christiane Zehl Romero, *Anna Seghers. Eine Biographie, 1900–1947*, Aufbau-Verlag 2000.

Nachwort

Als Netty Reiling, wie Anna Seghers mit ihrem Mädchennamen hieß, ihr Studium an der Universität Heidelberg abschloß und am 4. November 1924 in Kunstgeschichte promovierte, wußte sie sehr genau, was sie wollte: ihren gleichaltrigen Studiengefährten László Radványi heiraten und schreiben, nicht wissenschaftlich, sondern als Erzählerin. So unsicher, selbstkritisch, verträumt und kindlich die junge Frau manchmal erscheint, die uns in ihrem Tagebuch aus dieser Zeit – dem einzigen, das Anna Seghers je führte – entgegentritt, so sicher, man ist versucht zu sagen traumsicher, verfolgt sie ihre Ziele – und erreicht sie. Der Mann, den sie, gegen den Wunsch ihrer Eltern, gewählt hat, wird ihr lebenslanger Partner und sie selbst eine der bedeutendsten, wenn nicht die bedeutendste deutschsprachige Erzählerin des zwanzigsten Jahrhunderts.

Das hier zum ersten Mal veröffentlichte Tagebuch, das die Zeitspanne vom 15. November 1924 bis zum 26. Mai 1925 umfaßt, ist ein einzigartiges Dokument, da es Einblick in die Gefühle, Hoffnungen, Ängste und den Alltag einer sonst für dergleichen verschlossenen Autorin erlaubt. Zudem begleitet es Netty Reilings Weg und ihre Entscheidungen in einer wichtigen und schwierigen Übergangsphase – von der guten Studentin und Tochter zur unabhängigen Frau und Schriftstellerin. Darüber hinaus zeigen die kurzen, manchmal kryptischen und, was

Daten betrifft, gelegentlich nachlässigen Notate einen jungen Menschen, der in vielem so ganz anders zu sein scheint als die reife Anna Seghers, die wir aus öffentlichen Äußerungen in späteren Jahren kennen. Wenn das Tagebuch fast so unvermittelt, wie es beginnt, sechs Wochen vor ihrer Hochzeit abbricht – u. a. weil Netty Reiling tief in Heiratsvorbereitungen und im Schreiben steckt –, ist ihre Entwicklung noch keineswegs abgeschlossen. Ein entscheidungsreicher, oft schwieriger und langer Weg steht ihr bevor, der sie verändern und zeichnen wird – in einer Weise, die sie sich zur Zeit nicht vorstellen kann, obwohl sie weiß, daß sie mit ihren Zukunftsplänen »weit weg das schreckliche geliebte, andre Leben« gewählt hat. Und doch gibt das, was Netty Reiling hier von sich sagt, nicht nur Auskunft über den jungen Menschen und eine wichtige Phase ihres Lebens, sondern über Eigenschaften und Haltungen, die Seghers weiterhin bestimmen werden, auch wenn sie nie mehr so rückhaltlos über sich spricht, jedenfalls nicht in den bekannten Texten und Briefen.

Das Tagebuch war selbstverständlich nicht zur Veröffentlichung gedacht, sondern für sich und für Rodi, wie sie ihren zukünftigen Mann liebevoll nannte. Wir begegnen darin einer Frau von großer, manchmal kindlich, manchmal sehr reif anmutender Sensibilität und Sexualität, die schon früh und ohne die äußere Gefährdung, die kommende Jahre ihr bringen werden, höchst empfindlich ist für den dunklen Grund des Lebens, für Trauer und Existenzangst, aber auch dagegen ankämpft. »Ich bin mit mir unzufrieden. In allem was ich tue u. schreibe ist eine vergiftende, falsche Traurigkeit. Ich bin zu träge«, notiert sie selbstkritisch, oder sie differenziert: »Wenn man sein Unglück mit Sünde verwechselt, das ist auch Übertreibung.« Unsicher und risikobereit, abhängig und selbstbewußt, sehnt sie sich nach Freude, Lebensfülle – auch im Erotischen – und nach Schreiben. Seghers wird nie ihre Verletzlichkeit und ihre Offenheit für eigenes und fremdes Leid verlieren, auch nicht ihr Liebesbedürfnis und ihr Verlangen nach Freude, sie bleiben die Wurzeln ihrer Schaffenskraft. Sie wird aber Verletzlichkeit und Angst hinter der positiven Rolle, die zu spielen sie sich später bemüht, ja hinter einer gewissen Härte, die sie manchmal zeigt, verbergen. Etwas von dieser Härte, vor allem sich selber gegenüber und den bürgerlichen Lebensformen, von denen sie geprägt ist – und denen sie sich in vielem durchaus noch verhaftet zeigt –, läßt sich auch schon im Tagebuch bemerken. Netty Reiling besitzt ein stark ausgeprägtes Pflichtbewußtsein, das Seghers ein ganzes Leben begleiten wird, und bemüht sich um größere Selbstdisziplin, vor allem was ihr Schreiben betrifft. Immer wieder mahnt sie sich zur Arbeit und zur Strenge gegenüber sich selbst. »Ich bin nicht zufrieden mit mir, nicht ausgebrannt, nicht streng, nicht glühend genug«, heißt es u. a. Der Blick auf sich und andere ist unsentimental und kritisch. Auch die Fehler des geliebten Mannes sieht sie deutlich, was ihrer Zuneigung aber keinen Abbruch tut, weder zu dieser Zeit noch später, wo sie in vielen anderen Bereichen ebenfalls sehr klar sieht und doch den einmal getroffenen großen und grundsätzlichen Entscheidungen treu bleibt.

Warum führte Netty Reiling in diesen Monaten überhaupt Tagebuch, wenn Seghers später höchstens Taschenkalender zum Notieren von geplanten und erledigten Arbeiten, von Terminen oder – sehr selten – wichtigen Ereignissen verwendete? Im allgemeinen vermied sie ja offene Selbstdarstellung und -reflexion, aus Scheu und weil sie wußte, wie verwundbar sie war, und alle Gefährdung handelnd, das heißt erzählend, zu bewältigen suchte. Diese Scheu hatte sie Rodi gegenüber jedoch nicht, ihm vertraute sie sich offen und ganz an, denn von ihm erwartete sie jene emotionale Sicherheit, die sie brauchte und die er ihr trotz seiner ökonomisch prekären Lage und seiner an praktischen Dingen wenig interessierten Lebenshaltung bot. Das kommt, denke ich, deutlich in seinen heute etwas paternalistisch anmutenden Eintragungen in das Tagebuch zum Ausdruck. Sie nannten einander aber gegenseitig »mein Kind« und bezeichneten sich als Tschibben, ungarisch für Küken, wobei ihr der Kosename Tschibi ein Leben lang blieb. Denn in praktischen Dingen war wiederum sie es, die auf ihn schaute und bei all ihrer Traumversponnenheit sehr konkret riet und half, auch mit liebevoll strengen Ratschlägen in bezug auf Kleidung, Finanzen und Zeitplanung. Es könnte also sein, daß er sie vor der Paris-Reise, mit der das Tagebuch beginnt, bat, es bis zur Hochzeit zu führen. Vielleicht beschloß sie auch selbst, für sich – und ihn – während dieser Zeit festzuhalten, was sie fühlte, dachte und tat. Am Anfang steht jedenfalls eine Eintragung von ihm, in der von Trennung die Rede ist und die verspricht, daß sie im Frühling heiraten werden, ein Versprechen, das er ihr wiederholt ins Tagebuch schreibt. Er sieht es offensichtlich bei gemeinsamen Zusammenkünften. Seit Netty Reiling von Heidelberg zurück zu den Eltern gezogen ist, wohl, weil die es erwartet haben und sie deren Zustimmung zur Heirat gewinnen will – sie fragt sich aber auch, ob es recht ist, daß sie zu Hause ist –, sind beide auf Briefe, gegenseitige Besuche und Treffen anderswo angewiesen, um jene innige Verbindung aufrechtzuerhalten, die für sie so wichtig ist. Das Tagebuch soll dazu und zu Nettys eigener Selbstverständigung beitragen, zumal sie sich ja auch als Schriftstellerin erst finden muß. Sie betrachtet ihre Aufzeichnungen als Selbstverpflichtung und -disziplin: »Ich bereue, nicht eingeschrieb. zu haben. Ich will von nun an immer einschreiben, denn bei mir ist es Trägheit und Gewissenlosigk. wenn ich nicht schreibe«, heißt es z. B. Ohne sich auf lange Analysen einzulassen, legt sie Rechenschaft ab – vor sich, vor Gott und vor dem geliebten Mann – über den Übergang in ein neues Leben, für das sie sich zwar schon während des Studiums entschlossen hat, das es aber nun konkret zu realisieren gilt – gegen ihre »Wirklichkeitsangst«, die die andere Seite ihrer Wirklichkeitssuche ist. Obwohl sie viele Menschen sieht – Freundinnen und Freunde, Familie, Bekannte –, fühlt sie sich allein und exponiert, eine Situation, in der sie auch später zur Feder greift, um sich Luft zu machen, allerdings dann in Briefen und nie mehr so offen wie in diesem Tagebuch.

Die Belange, die sie beschäftigen und bedrängen, sind vielfacher Art. Im Vordergrund steht die Loslösung von ihrem Zuhause, die dadurch erschwert wird, daß die Eltern, und vor allem der Vater, ihre Wahl eines Ausländers und Intellektuellen mit geringen Zukunftsaussichten, der kein gläubiger Jude mehr ist, nicht billigen. Isidor Reiling ist orthodox, stolz auf seine Tochter und außerdem Partner eines gut gehenden Geschäfts, das die Brüder Reiling schon in zweiter Generation führen und für das Netty die einzige direkte Erbin ist. Aus diesem Grund, so scheint es, hat er auch wenig übrig für ihren Wunsch, Schriftstellerin zu werden und sich voll auf dieses Ziel zu konzentrieren. Die Mutter mit ihrem ausgeprägten Familiensinn leidet zusätzlich darunter, daß ihre Tochter sie »verläßt«, indem sie nach Berlin in eine ihr fremde Welt geht. Trotz ihrer vierundzwanig Jahre und der Tatsache, daß sie ein abgeschlossenes Studium hinter sich hat und sich Fräulein Doktor nennen kann, ist die junge Frau des Tagebuchs immer noch stark an die Eltern gebunden, finanziell sowieso, aber auch emotionell, wobei ihr Geschlecht, die jüdische Tradition und die Tatsache, daß sie das einzige Kind ist, eine Rolle spielen. Sie weiß aber auch, daß sie sich nun endgültig lösen muß, um schreiben und sich weiterentwickeln zu können. Sie will es jedoch im Guten erreichen und die Eltern dazu bringen, den von ihr gewählten Weg, wenn auch widerwillig, zu akzeptieren. Das gelingt ihr, wobei sie bei aller Rücksicht und allen Gewissensbissen eine Zähigkeit an den Tag legt, die Seghers auch später in schwierigen Situationen einsetzen wird. Als Geste der Liebe und zur Erinnerung an die Familie schenken ihr Vater und Mutter bei der Hochzeit das jüdische Gebetbuch von Jeanette Reiling, der Großmutter, mit Widmung und einer kleinen, vom Vater hineingeschriebenen Familiengeschichte – und eine Mitgift. Kurz vor der Hochzeit (am 26. Juli 1925) stimmt das junge Paar aber auch einem »Ehe- Erb- und Erbverzichtsvertrag« zu, der »die Verwaltung und Nutznießung des Mannes am Vermögen der Frau« ausschließt und anerkennt, »daß die gesamte Einrichtung des ehelichen Hausstandes Eigentum der Frau bildet«. Letztendlich sind es die Eltern Reiling, die wesentlich zu dem »Nestlein« beitragen, das der geliebte Mann ihr verspricht und auf das sie sich freut. Denn dann werden sie endlich »ganz richtig eine Familie« sein, wie sie ihm in einem Brief schreibt, und nicht mehr wie so viele andere Liebespaare in der Welt, die kein gemeinsames Zuhause haben, in Parks, Pensionszimmern und bei Freunden herumsitzen müssen. Sie wünscht sich auch Kinder und meint, sie könne nicht verstehen, daß ein religiöser Mensche keine Kinder möchte. All ihre Freunde, die einen Glauben hätten, ob sie nun Juden oder Christen seien, hätten Kinder.

Gott und Sünde nehmen im Tagebuch einen wichtigen Platz ein und sind für Netty Reiling keine leeren Floskeln. Sie ist religiös und will glauben – an eine Mischung aus jüdischem und Kierkegaardschem Gott. Immer wieder wendet sie sich an ihn um Hilfe und sehnt sich nach seiner Nähe, wobei Gefühle der Unwürdigkeit eng verbunden sind mit ihren Zweifeln und Ängsten: »Ob der Bischof etwas wird, ob die Stelle wird; ob aller Glanz weg geht, ob die Zukunft zerbricht, daß ich schwach, elend, gering, untauglich zum Gutsein, Leben u Schreiben bin. Hilf!«, ist ein extremes Beispiel. Seghers erlaubt sich später nicht mehr, solche Nöte zu artikulieren, und findet im Schreiben den Halt, auf den sie schon im Tagebuch zu zählen beginnt, aber die Gewißheit, nach der sie sich sehnt und die sie nach außen zu projizieren sucht, findet sie wohl nie wirklich, auch nicht im Kommunismus, auf den sie in späteren Jahren ihre Hoffnungen setzt.

Wenn man sich fragt, worin die Sünde besteht, von der Netty Reiling wiederholt spricht, so hat sie vermutlich mit ihren Momenten von Gottferne zu tun, aber auch mit dem Wissen, daß sie die Eltern enttäuscht und im Stich läßt – in ihrer Glaubens-, Familien- und Geschäftswelt: Schuldgefühle, die Vater und Mutter sowohl durch ihren Widerstand als auch durch ihre Liebe fördern. Die junge Frau steht zwischen den traditionellen Pflichten gegenüber der Familie und den neuen, ebenfalls strengen Ansprüchen, die sie an sich selbst stellt, wobei ihr die Welt daheim in ihrer vertrauten bürgerlichen Geborgenheit nicht nur fad geworden ist, sondern auch schon fremd erscheint. »Warum ist heimkommen nicht heimkommen«, schreibt sie nach einem Besuch bei Freunden in Darmstadt, ein Satz, der auch über anderen Abschnitten in Seghers' Leben stehen könnte. Sie will weg, und sie will heimkommen. Wo »daheim« ist, danach sucht sie ein Leben lang.

Der Alltag Netty Reilings ist in den Monaten bei den Eltern nach außen in vielem weiterhin der einer jungen Dame ihrer Herkunft, obwohl sie diese Bezeichnung für sich entschieden ablehnt und für andere negativ versteht, da sie sie mit Flüchtigkeit und Leere verbindet. Sie macht soziale Arbeit – u. a. in der Kinderlesehalle und mit Englischstunden –, nimmt selbst Russischunterricht, hilft der Mutter, die ihre Aussteuer vorbereitet, beim Nähen und macht und empfängt viele Besuche, von und bei Familie, Freundinnen und Freunden. Sie reist viel, mit den Eltern schon im Juli 1924 nach Scheveningen und im November nach Paris, das sie mit sowohl kritischen als auch letztendlich begeisterten Augen sieht, und um Rodi oder andere Freunde zu treffen. Wo sie kann, sieht sie sich, wie auch später immer, Museen und Kirchen an. Es scheint ein angenehmes Leben, das ihr aber in keiner Weise genügt, da sie nicht hineinpaßt und vor allem nicht hineinpassen will. Sie sehnt sich nach einer ihr gemäßen Umgebung, nach Menschen, die ihr »Wesen« »glühen [...] lassen«.

Von Politik ist in den Aufzeichnungen nicht die Rede, von Tagesereignissen nur sehr nebenbei. Radványi, der ebenfalls noch religiös – mehr christlich als orthodox jüdisch – gestimmt war, trat, entsprechend seinen eigenen späteren Angaben, 1924 der Kommunistischen Partei Deutschlands bei und stand durch seinen Entschluß, nach Berlin zu gehen, mit den ungarischen Freunden um den Sonntagskreis und anderen Gleichgesinnten, die sich dort bereits niedergelassen hatten und politisch wieder aktiv geworden waren, in engem Kontakt, wovon sie selbstverständlich wußte. Ihre Sorge in dieser Zeit galt aber hauptsächlich der Gefahr, daß diese Verbindungen Verlobung und Heirat gefährden könnten. So ist ihr brieflicher Rat an ihn, möglichst viele Leute in Berlin zu sehen und sich »nicht zu ausschließlich an die eine Menschengruppe« anzuschließen. Auch vor der Sowjetischen Handelsgesellschaft, bei der er schließlich eine Anstellung findet, warnt sie ihn zunächst, wobei es ihr aber nie darum geht, seine Ansichten zu ändern, sondern nur darum, daß er bis zur Heirat vorsichtig sein möge. Sie selbst ist von einer konkreten parteipolitischen Bindung noch weit entfernt, schreibt jedoch bereits an einer Geschichte, dem »Aufruhr im Bergwerk von Gassanagyi«, die sie selbst einen »Revolutionsmythos« und ein »Revolutionsmärchen« nennt, und denkt über »Revolution« nach, ohne in irgendeiner Weise zu präzisieren.

Im Zentrum des Tagebuches steht neben dem starken

Bedürfnis nach Liebe und Freude und dem Bemühen, sich im Guten vom Elternhaus zu lösen, das Verlangen zu schreiben: »ich *muß* schreiben, ich fühle verzweifelt den Wunsch und den Willen«, heißt es unter anderem. Immer wieder registriert sie ihren Vorsatz, mehr zu arbeiten, und ihre Unzufriedenheit, wenn sie sich ablenken läßt. Sie ist sich klar, daß sie stetig schreiben muß, und kämpft darum, daß ihre Arbeit als solche respektiert und nicht als Zeitvertreib für eventuelle freie Stunden betrachtet wird. Daß ihr Problem ein für schreibende Frauen typisches ist, reflektiert sie nicht. Was sie will, ist »kristallisierte Einfachheit«, Strenge, Glut. Trotz Momenten des Zweifels, wo sie fürchtet, »daß mich meine Begabung verlassen könnte, – aber nur selten«, weiß sie im Grunde nicht nur, daß sie schreiben *muß*, sondern, daß sie es auch kann. Sie spricht selbst von einer »seltsamen Vereinigung von Gewißheit und Unsicherheit in mir«, wobei die Gewißheit überwiegt. Ihre Begabung, die sie als Gnade und als Verpflichtung betrachtet, und »die Not ernster Arbeit« daran, geben ihr in ihren Augen letztendlich auch die Berechtigung, ihre Eltern zu enttäuschen. Sie beginnt im Schreiben ihren Halt zu sehen, den sie sonst nur noch in ihrer Liebe zu finden glaubt. Beides ist eng miteinander verbunden, nicht nur, weil der Mann, den sie gewählt hat, ihre Arbeit voll unterstützt und weil sie in Erwartung der Hochzeit und eines neuen Lebens eine schöpferisch sehr produktive Phase durchmacht, sondern auch auf komplexere Weise: Sie meint, »[d]iesen Eros, den Gott mir gab u den ich leben muß, soll ich sicher in der Kunst leben«, weil sie fürchtet, daß das in ihrer Liebesbeziehung, an deren Kraft und Dauer sie durchaus glaubt, nicht der Fall sein werde. Rodi sehe in ihr »*die* Gefährtin im religiösen Sinn«. Es sei »sinnlos« von ihr, das »Verhältnis anders umzuphantasieren. Es ist keine Stätte der erotischen Phantasie«, die sie aber durchaus hat. So läßt sie ihr »schreckl. Liebesbedürfnis« in ihre Werke einfließen, freilich nicht direkt, indem sie Liebe und Sexualität eine zentrale Rolle zuweist, sondern indem sie es als Lebenshunger und als Wunsch nach intensiven, leuchtenden Glücks- oder wenigstens Unglücksmomenten thematisiert. Besonders im Frühwerk ist diese sublimierte Erotik deutlich spürbar.

Zur Zeit, da Netty Reiling ihr Tagebuch beginnt, hat sie zumindest eine Erzählung vollendet: *Die Toten auf der Insel Djal. Eine Sage aus dem Holländischen von Antje Seghers*, die 1924 in der Weihnachtsnummer der *Frankfurter Zeitung* und *Handelsblatt* erscheint. Davon ist aber im Tagebuch nirgends die Rede, auch nicht von dem Künstlernamen, den sie sich anläßlich der Geschichte gibt und den sie – mit Änderung des Vornamens – ihr ganzes Leben beibehalten wird. Sie hätte stolz sein können auf ihre erste Veröffentlichung, richtet ihre Aufmerksamkeit aber – wie auch später – sogleich auf ein neues Projekt, das sie in ihren Notaten zuerst »Die Reue des Bischofs von Priepournous« und dann immer nur »Bischof« nennt. In dem Schulheft, das ihr Sohn Pierre Radvanyi vor einigen Jahren unter Papieren seiner Eltern gefunden hat und das hier zum ersten Mal veröffentlicht wird, lautet der volle Titel »Die Legende von der Reue des Bischofs Jehan d'Aigremont von St. Anne in Rouen«. Die Entstehung läßt sich anhand des Tagebuches verfolgen, wo die Geschichte gleich zu Beginn, am 16. November 1924, erwähnt wird, wo sie ihre Sorgen und ihre Zuversicht für das Gelingen notiert und wo es am 22. Dezember heißt: »Bischof vollendet«. Am Ende des Tagebuches wird nochmals eine Erzählung genannt, die ebenfalls vor einigen Jahren gefunden und 2000 veröffentlicht wurde, *Jans muß sterben.* Dazwischen stehen eine Vielzahl von Projekten, an denen sie schreibt – »Aufruhr in Gassanagyi« scheint sie sogar fertig zu haben, da sie ihn Rodi vorliest –, oder an denen sie im Kopf arbeitet. Manche sind wohl erst Ideen zu Geschichten, die sie dann nicht weiterverfolgt. Es ist eine Schaffensweise, die sie beibehält, besonders in den produktivsten Phasen ihres Lebens, wo sie wiederholt eine ganze Reihe von Projekten notiert. Einige der frühen Pläne scheinen in spätere Erzählungen eingegangen zu sein, andere werden nie realisiert oder sind verschollen.

Über die Geschichte vom Bischof beginnt Netty Reiling schon vor der Fahrt nach Paris nachzudenken, die Wahl eines französischen Stoffes und Schauplatzes geht also nicht unmittelbar auf Reiseeindrücke zurück, doch mögen die Vorfreude auf Frankreich und der Aufenthalt in Paris zur Inspiration beigetragen haben. Nach der Sage *(Die Toten auf der Insel Djal)* wählt sie nun das Genre Legende, eine alte Form religiös erbaulichen, volkstümlichen Erzählens über den vorbildlichen irdischen Lebenslauf eines Heiligen oder Märtyrers bzw. einzelne Wunder und Geschehnisse aus diesem Leben. Es kommt dabei nicht auf Faktentreue oder psychologische Motivation an, sondern auf den symbolischen Gehalt und auf Sinngebung. Netty Reiling kannte Legenden verschiedenster Art, u. a. hatte ihr Rodi schon 1922 zu Weihnachten *Der Heiligen Leben und Leiden* (Leipzig: Insel-Verlag,

1922) geschenkt. In der Literatur gehörten Autoren, die sie schätzte, u. a. Tolstoi, Balzac und auch Kleist, zu den Neuschöpfern der Legende. Und im frühen zwanzigsten Jahrhundert waren es in erster Linie Expressionisten, die darin neue, ihrem Streben nach Vereinfachung und dichterischer Vertiefung entgegenkommende Formmöglichkeiten sahen. Ihnen steht sie selbst noch nahe.

»Die Legende von der Reue des Bischofs Jehan d'Aigremont von St. Anne in Rouen« ist ein faszinierender Text, der zeigt, wie sehr die Phantasie der jungen Autorin von mythischen und im breitesten Sinne religiösen Quellen gespeist wurde und welche Rolle tiefenpsychologische Momente und die intensive Beschäftigung mit mittelalterlicher Kunst für sie spielten. Aber auch die Spuren ihrer Lektüre – neben Legenden und Kierkegaard vor allem Dostojewski – lassen sich erkennen. Chatchat (französisch: Katze) z. B. ist jene Teufels- und Versucherfigur, die Seghers noch viel später bei Dostojewski faszinieren wird und die sie selbst in *Der gerechte Richter* in einem ganz anderen Kontext wieder aufnimmt. Er ist aber auch ein »Gefährte«, der den Bischof aus seiner Einsamkeit befreit, ihn aus dem Sträflingslager »rettet« und in die Welt am Fluß einführt. Sein Verhältnis zu Jehan stellt also eine schillernde Vorform jener Männerfreundschaften und Lehrer-Schülerbeziehungen dar, die in Seghers Werk eine so große Rolle spielen werden. Auch die homoerotische Dimension einer solchen Bindung wird angedeutet, vor allem auf seiten Chatchats. Gleichzeitig ist er eine geheimnisvolle Version des Ganoventyps, dem im Expressionismus eine wichtige Funktion zukommt.

Einen Sankt Jehan d'Aigremont gibt es im Heiligenkalender der katholischen Kirche nicht, der Name taucht auch in keinem Nachschlagewerk auf. Es scheint keine bestimmte Quelle für den Stoff der Erzählung zu geben, vielmehr verfremdet Netty Reiling traditionelle Motive des Genres – z. B. Wunder – und verwebt sie mit expressionistischen – wie der liebenden Prostituierten – und mit eigenen, für sie später charakteristischen wie Fluß und Schenke. Jehans Weg ist ein säkularisierter »Passionsweg« mit entsprechenden Stationen, der über Verbrechen, Erniedrigung, Liebe und Leid zur Erlösung führt. Die Erzählung beginnt mit einer jener besonders für Seghers' Frühwerk signifikanten eindringlichen Szenen, in der der ehemals mächtige Bischof Jehan zu einem Sträflingsfloß gezerrt und mit einem Fußtritt und höhnischen Worten darauf gestoßen wird. Wie bei einer Priesterweihe bleibt er mit dem Gesicht nach unten liegen. Er tritt tatsächlich in eine neue Gemeinschaft ein, die der bestraften Verbrecher. Sie ist ein Randbezirk der menschlichen Gesellschaft und ein typisch expressionistisches Milieu, das antibürgerliche Symbol für ein ursprünglicheres, genuineres Leben. In einer Geste unmittelbarer Solidarität übernehmen die anderen Sträflinge zunächst auch seine Arbeit, wobei die Erzählerin wie im Film von der Totale, mit der sie beginnt, auf die Naheinstellung übergeht und den Blick nicht auf einzelne Menschen, sondern auf Körperteile, die Arme der Sträflinge, richtet. Das zentrale Motiv der Hände, der besonderen, »fehlenden« und »falschen« Hände, wird in diesem Zusammenhang ebenfalls sogleich eingeführt. Seine Erniedrigung bringt Jehan aber auch in ein neues Verhältnis zu Gott, zum Absoluten, er erhält das Tau des Gefangenen statt die Stola des Bischofs. Bezeichnenderweise grämt sich Jehan aber nicht um das vergangene Leben, die verlorene Pracht, im Gegenteil: »Alles war ja in Ordnung«, denkt er über seine neue Situation, die alte scheint nicht wesentlich gewesen zu sein.

Das Verbrechen, für das Jehan zum Sträfling wird – zumindest muß man einen solchen Zusammenhang annehmen, gesagt oder gar erklärt wird er wie so viel anderes nicht –, ist ein eigentümlicher, betont unmotivierter »Lustmord«. Seinen eigenen Bericht über die Tat beginnt er mit einem Regenguß: Sinnbild für das Wegschwemmen des Alten, des gewohnten »Wie Immer«. Er hebt selbst das Zufällige seiner Tat hervor: Aus einem plötzlichem Impuls heraus kauft er eine Halskette aus kleinen blauen Steinen, die ihm gar nicht gefällt. Blau ist die Farbe der Romantik, des Unendlichen und eine, die Seghers liebte. Und auch Jehan denkt, »blau ist doch eine schöne Farbe«, aber die Steine dieser Kette sind »trüb« und »milschisch« (wie Netty Reiling auf mainzerisch schreibt). Auch die Frau, das Fräulein Claudia, die er kurz darauf sieht und zu sich einlädt – über den Wirt, nicht durch eine direkte Bitte –, gefällt ihm nicht besonders. Ihre Beschreibung nach dem Liebesakt, der sie kühl und gleichgültig läßt, ist abstoßend: »Ihr Körper war wie ein Fisch ohne Schuppen, nicht weich, sondern glatt; nicht weiß, sondern weißlich.« Es ist ein erstaunliches Bild, wenn man bedenkt, daß es von einer jungen verliebten Frau stammt, die von Verlobung und Hochzeit träumt und sich zur eigenen Erotik bekennt. Die Autorin scheint eine Ablehnung des Körperlichen auf Jehan zu projizieren, die sie, so könnte man spekulieren, auch bei dem geliebten Mann zu spüren meint. Und sie läßt in dem unvermittelten und unbegründeten Mord eine Abscheu vor der Frau und den eben erfahrenen Liebesstunden, vielleicht den ersten in Jehans Leben, zum Ausdruck kommen, in der die eigene Angst vor der Enttäuschung des Mannes – oder der Frau – durchscheinen könnte: »ich zog fester« heißt es von der Erdrosselung mit dem Kettchen, das Jehan Claudia zunächst als Geschenk um den Hals legt, »es riß nicht, ihre Augen wurden noch runder, ihre Zungenspitze kam heraus, und ich, ich wollte ihre Augen noch runder und lächerlicher, ihr Gesicht so häßlich und töricht sehen, wie es sein sollte, ich zog und zog«.

Bis dahin ist Jehan nicht nur ein mächtiger Bischof gewesen, sondern er hat außerdem noch die Gabe des Heilens besessen. Die behält er, auch nachdem er sein Amt verloren hat und zum Sträfling geworden ist. Er selbst will jedoch nichts mehr davon wissen und ganz in der Masse der anderen armen Teufel aufgehen. Immer wieder erzählt er ihnen deshalb nachts von dem Mord, denn dabei kommen sie ihm näher, und er ist »nicht mehr allein und also war alles gut«. Sobald sie ihn auffordern, erneut zu heilen, ist jedoch »wieder der Mantel um ihn herum, jetzt lassen sie ihn wieder allein stehn, was sollte man auch mit so einem tun?«. Nur Chatchat bleibt ohne Scheu neben ihm, für ihn ist die Fähigkeit zu heilen eine Möglichkeit, wieder zu Geld und Ansehen zu kommen. Er ist es auch, der die Flucht vorschlägt und plant, auf die Jehan selbst gar keine Lust hat. Aus dem Schlamm des Flusses, in den sie untergetaucht sind, werden sie in einer eigentümlichen Flußsiedlung bei Rouen, einem weiteren gesellschaftlichen Randbereich, herausgefischt. Es ist eine Arte Neugeburt und umgekehrte Taufe, in der Jehan eine weitere Station seiner »Passion« erfährt. Hier, am Fluß und in den Schenken, den archetypischen Schauplätzen von Seghers' frühen und einigen späteren Erzählungen, brodelt das Leben. Und hier führt Chatchat Jehan wieder eine Frau zu, Catharina. Sie erhofft sich ursprünglich Heilung von ihm, für den Aussatz, der ihren schönen Körper zu zerfressen beginnt. Zu ihr entwickelt Jehan ein ganz anderes, liebevolles Verhältnis. Ihr eigentümlicher Gang nach Rouen, der sie, vor allem Catharina, ihre von Krankheit und Schäbigkeit gezeichnete Gemeinsamkeit gegenüber den anderen Gewöhnlichen und Gesunden besonders klar sehen und empfinden läßt, deutet auf Nettys eigenes Gefühl – und auch den Wunsch –, mit dem geliebten Mann Außenseiterin in der normalen, bürgerlichen Welt zu sein.

Jehan leidet darunter, daß er gerade Catharina nicht heilen kann. Nachts träumt er von »richtigen Hände[n]«, im Gegensatz zu seinen eigenen, die nur »für hier genug« sind: »Dumme unsinnige Hände.« Er wünscht sich die »richtigen«, mit »kleinen [roten] Punkte[n]«, die mit diesen Stigmata eine Nachfolge Christi und wahres Erwähltsein signalisieren. Catharina gibt sie ihm schließlich mit ihrem Haarpfeil, damit er sie verläßt und ihren Verfall nicht mitansehen muß. Er geht sofort, bleibt letztendlich also auch nicht bei dieser Frau, sondern überläßt sie ihrem Schicksal, einem einsamen schrecklichen Tod. Die folgenden Jahre verbringt er als Bettler auf den Stufen seiner ehemaligen Kirche. Es ist seine vorletzte Station, auf der er, ähnlich wie der Mann in der Geschichte vom Türhüter bei Kafka, nicht in die Kirche einzutreten wagt. Anders als dieser ist er aber von vornherein zufrieden, wenn die Tür geöffnet wird und er »ein Stückchen glühender Dunkelheit oder an Festtagen einen Türrahmen Herrlichkeit« erspäht. Mehr erwartet er nicht.

Auf seiner letzten »Station« kehrt Jehan – begleitet von einem alt gewordenen Chatchat, in die Schenke zurück, über der er mit Catharina gewohnt hat. Hier erfährt er von ihrem Ende und von den falschen Stigmata, die sie ihm zugefügt hat, die aber inzwischen – vielleicht – zu richtigen geworden sind. Die Legende endet mit einer grotesken Beschreibung seines Todes, der ihm aber auch die Erlösung bringt. »mit Gottes Hilfe!« schreibt Netty Reiling vor den Beginn ihrer Legende, und mit den Worten »Gott hatte seine Seele aufgenommen in das Ewige Leben« beendet sie sie.

Warum Catharina weiß, daß Jehan sie mit den Stigmata verlassen wird, bleibt so mysteriös wie vieles andere in der Geschichte, in der es der Autorin nicht auf psychologisch schlüssige Motivation ihrer Figuren und auf rationale Erklärungen ankommt, sondern auf Mysterium. Man muß sich auch fragen, worin denn die »Reue« Jehans eigentlich besteht: in dem Schmerz, den er ertragen muß, weil er seine Geliebte nicht heilen kann, in seinem Leben als Bettler unter anderen, denen er nicht einmal seine Stigmata zeigt? Oder besteht sie darin, daß er die Zufälligkeiten, Ekstasen und Grausamkeiten des menschlichen Lebens, daß er Lust, Schuld und Schmerz auf sich nehmen, kein prächtiger Bischof und Auserwählter sein will? Das Worte »Reue« könnte aber auch ironisch gemeint sein, angesichts seines Lebens und der Tatsache, daß er Catharina allein läßt. Mit christlicher Moral hat der Text nichts zu tun, wohl aber mit den extremen Situationen und Erfahrungen, in denen Seghers' Figuren immer wieder Erlösung suchen und finden. Die Legende bleibt offen und geheimnisvoll, sie ist symbolisch und nicht explizit ausschöpfbar, wie auch andere spätere Text, in denen Seghers – zu selten – legenden- und sagenhafte Stoffe aufnimmt. Von einem dieser Texte, *Die schönsten Sagen vom Räuber Woynok*, der während des französischen Exils geschrieben und veröffentlicht wurde, sagt die Autorin übrigens, daß sie ihn schon einmal, ungefähr zehn Jahre früher, geschrieben und dann verloren habe, was die Konzeption dieser unterschiedlichen Außenseiterfiguren, Jehan und Woynok, zeitlich näher aneinanderrücken würde. Die Problematik des ungewöhnlichen einzelnen, der sich nach dem Eintauchen in eine Gemeinschaft sehnt und doch, um sein Schicksal zu erfüllen, immer wieder allein sein muß und wird, gehört zu den Grunderfahrungen der begabten jungen Frau, die sie allerdings – hier und meist – auf Männer projiziert.

Daß Netty Reilings zukünftiger Mann von der suggestiven Geschichte nicht begeistert war, mochte nicht rein künstlerische Gründe gehabt haben. Sie fragt sich zwar »Hat er Recht?«, doch ist sie sich selbst gestalterisch auch nicht ganz sicher: »mir erscheint er wie ein ungehauener Stein. Noch kein Urteil«, notiert sie nach der Fertigstellung über ihren »Bischof«. Wir wissen nicht, ob sie die Geschichte irgendwo zu veröffentlichen versuchte. Sicher hätte sie sie dann nochmals überarbeitet und ein Typoskript hergestellt, beides scheint nicht geschehen zu sein. Es könnte durchaus sein, daß sie sie einfach liegenließ. Auf jeden Fall began sie bald mit einem neuen Projekt, dem »Aufruhr im Bergwerk von Gassanagyi«. Wenn aber

Seghers ihren »Bischof« auch »vergaß« und nie mehr explizit eine Legende schrieb oder einen Lustmord behandelte, so ist der kleine Text heute ein höchst interessantes und lesenswertes Zeugnis für die Anfänge der Schriftstellerin. Sie arbeitet darin bereits mit Themen, Erzählstrukturen, Motiven und einer Bildsprache, die für sie, und vor allem für das Frühwerk, charakteristisch werden. Im Zusammenhang mit dem Tagebuch ergeben sich außerdem faszinierende Einblicke in die Phantasie- und Gefühlswelt der jungen Frau und Autorin sowie in die Entwicklung ihrer Arbeitsweise und Arbeitstechnik.

Christiane Zehl Romero Talloires, Mai 2003

Zu dieser Ausgabe

Tagebuch 1924/1925

Textgrundlage sind handschriftliche Notizen in einem Schulheft mit schwarzem Wachstucheinband. Es befindet sich im Besitz von Pierre Radvanyi.

Die Wiedergabe des Textes erfolgt buchstaben- und zeichengetreu.

Nicht lesbare bzw. nicht mit Sicherheit zu identifizierende Wörter sind durch [?] gekennzeichnet. Zusätze der Herausgeberin stehen in eckigen Klammern.

Unterstreichungen sind kursiv wiedergegeben.

Eindeutige Flüchtigkeitsfehler sind stillschweigend korrigiert.

Fehlende Abführungszeichen wurden ergänzt und fehlende Klammern geschlossen.

An folgenden Stellen sind Korrekturen vorgenommen worden:

16. 11. 1924
tralilatralilalala > tralilatralilalala.

17. 11. 1924
in die Stadte > in die Städte

[20. 11. 1924]
Musee > Musée

10. 12. 1924
… seit sie keine Tiere mehr ist > … seit sie keine Tiere mehr ißt

20. 12. 1924
Engardin-Seen-Traum > Engadin-Seen-Traum

25. 12. 1924
Rodi dem Bischof gelesen > Rodi den Bischof gelesen

30. 12. 1924
Sibierischer Walzer > Sibirischer Walzer

3. 3. 1925
1926 > 1925

24. 3. 1925
Montag 24 März > Montag 23 März

Die Legende von der Reue des Bischofs Jehan d'Aigremont von St. Anne in Rouen

Textgrundllage ist ein handschriftliches Manuskript von 63 Seiten in einem Schulheft mit Wachstucheinband, das sich im Besitz von Pierre Radvanyi befindet.

Für diese Ausgabe wurde der Text nach den bisher geltenden Rechtschreibregeln, unter Wahrung des Lautstandes, modernisiert.

Eindeutige Flüchtigkeitsfehler wie vergessene Buchstaben sowie orthographische und grammatische Fehler wurden stillschweigend korrigiert. Als Flüchtigkeitsfehler wurde auch das Wort »Garonne« behandelt und durch »Seine« ersetzt.

Interpunktionszeichen wurden nur verändert, wenn es der Verständlichkeit des Satzes diente. Die Abfolge von Abführungszeichen und Komma bzw. Punkt wurde normiert. Fehlende Abführungszeichen wurden ergänzt, wenn die Kennzeichnung der wörtlichen Rede mit Anführungszeichen begonnen wurde.

Wort-Abkürzungen sind vervollständigt.

Unterstreichungen sind kursiv wiedergegeben.

Darüber hinaus sind folgende Eingriffe vorgenommen:

Seite 39
Was hatte es gesagt? Nein, es irrte sich > Was hatte sie gesagt? Nein, sie irrte sich [Im Original unvollständig ausgeführte Korrektur, nachdem »Gesicht« in »Stimme« geändert wurde.]

Seite 42
»Warum soll ich … schenken.« > ›Warum soll ich … schenken‹.
»Sag dem Fräulein … zu reden.« > ›Sag dem Fräulein … zu reden‹.

Seite 43
»Hier ist etwas für dich!« > ›Hier ist etwas für dich!‹

Seite 44
Um seine Mundwinkel blinkten jetzt oft die Lichtchen von Lustigkeit, die in Ch. Augen standen S. Gefährte [gestrichen: denn s.] waren ja an d. Ort die edlen vorn. Herren, die Adligen [?]. [Im Original als Einfügung nach »Gesicht«. Weiterer zusätzlicher Einschub über »Lustigkeit, die in Ch.« nicht lesbar] > Um seine Mundwinkel blinkten jetzt oft die Lichtchen von Lustigkeit, die in Chatchats Augen standen, denn sie waren ja an dem Ort die edlen vornehmen Herren, die Adligen.

Seite 46
»Siehst du wohl Bischöflein, rief er! > »Siehst du wohl, Bischöflein!« rief er,
Der Bischof runzelte die Stirn aber dann > Der Bischof runzelte die Stirn, aber dann

Seite 48
… heißer Körper. Hier kannte sich [Im Original darüber nicht klarer Einschub:] darin 100 Mäuler fängt und ging

Seite 50
… wiegte und betrachtete ihn [Mit Korrekturzeichen für Umstellung] > … betrachtete und wiegte ihn.
… Gesicht besäßest.« Begann Catharina, > … Gesicht besäßest«, begann Catharina,

Seite 52
Gesicht betrachtete, indem > Gesicht betrachtete, in dem
… schlenkerte einen Zopf über sie weg. > … schlenkerte einen Zopf über ihn weg.

Seite 53
als ob sie [Im Original gestrichen]
... unbekannten fernen Land käme. [Im Original gestrichen] > als ob sie gerade aus einem unbekannten fernen Land käme.
Jetzt kommt [gestrichen: die] mit dem abgefressenen Kinn. > Jetzt kommt die mit dem abgefressenen Kinn.

Seite 54
Garonne > Seine

Seite 58
riesen> rieseln

Seite 61
eins neben dem andren [Im Original als Einschub über: langsam um]

Seite 66
... mit den Aussätzigen zu schlafen.« ... mit den Aussätzigen zu schlafen.
... in Frieden leben könntest – – > ... in Frieden leben könntest – –«

Seite 67
... in die Hände gestochen! [Ausrufezeichen unklar]
... an sich zu drücken [Im Original als Einschub über: es zu verbergen]

Inhalt

Tagebuch 15. November 1924 bis 26. Mai 1925 5

Die Legende von der Reue des Bischofs Jehan d'Aigremont von St. Anne in Rouen 33

Anhang

Anmerkungen zum Tagebuch 71
Nachwort 86
Zu dieser Ausgabe 106